문학과지성 시인선 550

산책하는 사람에게

안태운 시집

문학과지성사

문학과지성 시인선 550
산책하는 사람에게

초판 1쇄 발행 2020년 11월 9일
초판 7쇄 발행 2024년 8월 9일

지 은 이 안태운
펴 낸 이 이광호
주   간 이근혜
편   집 박선우 최지인 이민희 조은혜 방원경
펴 낸 곳 ㈜문학과지성사
등록번호 제1993-000098호
주   소 04034 서울 마포구 잔다리로7길 18(서교동 377-20)
전   화 02)338-7224
팩   스 02)323-4180(편집) 02)338-7221(영업)
전자우편 moonji@moonji.com
홈페이지 www.moonji.com

ⓒ 안태운, 2020. Printed in Seoul, Korea

ISBN 978-89-320-3797-4 03810

이 책은 서울문화재단 '2020년 창작집발간지원사업'의 지원을 받아 발간되었습니다.

문학과지성 시인선 550

산책하는 사람에게

안태운

시인의 말

시작, 하면 다들 흩어질 것이다
그래 흩어져서 각자 시를 써볼 것이다

하지만 그건 무슨 일이었을까
그건 어떤 일이었는지
문득 의아해지고
그러니까 어떤 마음이 흘러가고 있었을까
어떤 풍경이

거기서 다시 시작해보려고

2020년 가을
안태운

산책하는 사람에게

차례

1부

빈방의 빛

　그제 밤에는 빈방의 빛에 대해서 써야 한다고 생각하다가 잠들었습니다. 빈방의 빛이라니, 나는 몇 년 전 밤에도 그것에 대해서 써야 할 것이라고 생각하며 잠들었던 것 같은데. 하지만 생활을 하면 빈방은 잃어버리고 어느새 사라지고 문득 그런 게 있었다니. 여전히 묘연했지만 왠지 오늘 아침에 일어나서는 그 빛에 대해서 써야 할 것이라는 강박이 들었지. 빈방의 빛, 시간이 흘러 드넓은 오후가 되었고, 빛이, 빈방의 빛이 들이칠 때 떠오르는 아무거나. 빈방의 빛이 있었다. 비질하는 소리, 비질을 통해 안으로 들어오는 무언가가 있었고 나는 방문을 다 닫지는 않고 침대에 누워 있었고, 빈방, 그 사이를 통해 끊임없이 들려오는 소리, 그것은 여행 계획을 세우는 여행자들의 목소리였고 나는 그 소리가 끝나지 않고 이어지기를 바랐다. 어쩌면 엄마와 이모 들이 무언가를 모의하는 소리, 나는 그 소리를 배경음처럼 들으며 스르르 잠들고 깨어난 후, 침대 위에서는 할 일이 없었으므로 지도를 펼쳤는데 지도는 지명을 가리키지는 않았고 그래서 지도 뒷면을 응시했고, 그 뒷면은 어쩐지 오래전부터 내내 읽어왔던 지도 같았으므로 다시 소리, 소리는 끊어졌다가 이어지고 지도를 침범하고 이윽고 멀리 빈방의 빛이 있었네. 오후가 들이칠 때, 강가, 강가에 기대어 있는 어슴푸레한 빛, 이 개와 고양이는 물지 않아 핥지 않아 꼬리를 흔들지 않아 다만 무심하게 따라올 뿐. 그네가 어른거리는 듯하다. 하지만 어른거리는 건 그네가 아니라 그네의 그림자, 나는 그네를 탈 수 있었지만 타지 않았고 강을 헤엄칠 수 없었지만 헤엄칠 수 있다고 믿게 되었고 나는 저 개와 고양이를 따라서 가야지, 나를 따라오는 개와 고양이를 따라서. 하지만 다 일렁이는 것뿐이구나. 다시 오후의 빛이 나를 서서히 잠식해가는 시간에 나는 전철을 타고 있었다. 모두가 한가한 시간에 모두가 흩어지고 있는 시간에 그때의 전철 속에서, 그 덜컹거리는 소리에 파묻혀 있을 때 터널을 지나는 동안에만은 숨을 참고 터널이 다 지나가면 그제야 숨을 내쉬는 그런 놀이를 지속할 때, 이윽고 들어차는 빛, 그건 취기와 섬멸, 빈방의 빛 속이었고 어디선가 우산을 건네는 사람도 지나갔다. 나는 평상에 누워서 다 환하다고 말하고 싶었나. 다 거짓이라고 말하고 싶었나. 다

기쁘다고 다 슬프다고 말하고 싶었나. 나는 빈방의 빛 속에 있었고, 빛에 둘러싸여 있었고, 밟으면 흙먼지만 날리는 곳에서 모두가 다 부르기 쉬운 노래를 하고 있는 곳에서 다 떨고 있는 곳에서 다 쉬고 있는 곳에서 빈방의 빛, 날개처럼 순간 모습을 감추기도 하는 곳에서 다 흔들리는 곳에서 나는 있었고, 스며드는 빛, 가늘게 뜬 눈으로, 나는 그 방을 보여주고 싶었지. 그러니까 나에게, 내가 없다면 옆에 있는 사람에게라도. 방금 나는 문득 생각났다는 듯이 빈방에서 다시 멀어져 빨래를 널러 가야 한다며 거리를 걸었다. 빨래를 널어놓은 채 오래 걷는 사람이 되어야 한다고, 그렇게 스쳐 갔고, 어느 순간 나는 빈방의 빛 속에서 말라가고 있었고 그러니까 오늘 오후는 여기까지.

인간의 소리

지금은 밤이군요. 지평선뿐이로군요. 들판뿐이로군요. 음악이 흐르고 밤은 아무도 못 나가게 하고 사람들은 춤추는군요. 물론 춤추지 않는 사람은 춤추지 않고 모닥불은 타오르는군요. 타오르는 모닥불 주위에서 사람들은 서로 바라보는군요. 들판에서 또 다른 들판으로.

나는 어느 쪽에 설 것인가 주저하고 있습니다. 나도 취기가 돌고 흥이 오르면 춤을 췄었는데. 턴 하면서 순간적으로 몸을 흔들었는데 지금은 모르겠군요. 춤추지 않는 사람은 춤추려 하고 춤추고 있는 사람도 더 춤추려 하는데 사람들은 이제 동물 소리를 내기 시작합니다. 맨 앞에서 사람들이 하나씩 동물 이름을 부르고 있었으니까.

닭 소리는?

원숭이 소리는?

말 소리는?

고양이 소리는?

사람들은 저마다 그 동물에 흡사하다고 느끼는 소리를 내는군요. 소리 내면서 춤추는군요. 밤이로군요. 그

때 누군가는 소리치는군요.

인간의 소리는?

모두들 잠깐 침묵. 그렇게 침묵하다가 사람들은 웃고 있었습니다. 나는 침묵과 침묵 뒤의 웃음이 인간의 소리라고 이해했어요. 침묵. 침묵 뒤 웃음. 그것은 인간의 소리. 침묵. 침묵 뒤 웃음. 끝없는 인간의 소리. 끝없는 들판이로군요. 지평선뿐이로군요. 나는 잠깐 춤추는 사람이 되려 했습니다만 이내 화장실이 어디 있는지 묻는 사람이 되었군요. 내 앞에서 춤추려 하는 사람에게. 그 사람은 옆 건물을 가리키다가 멈칫한 후 아무 데나 손가락으로 휘젓습니다.

과연 인간이로군, 하고 나는 생각했습니다. 밤이로군요. 음악이 흐르는군요. 보이는 것은 보이고 물론 보이지 않는 것은 보이지 않는군요. 나는 건물 안으로 들어갔다가 나왔습니다. 여전히 밤이로군요. 들판뿐이로군요. 보이지 않는 사람은 보이지 않는 춤을 추고 나는 저 멀리 걸어갈 수도 있을 것 같군요. 혼자 춤추면서 끝 모르게 멀어지는군요. 그렇게 멀어지자 들려오는 소리는 또 기이하군요.

목소리

풍경 소리가 들립니까. 바람이 불었는지. 아니면 무언가 부딪쳤는지. 너는 그곳을 바라보았는데 풍경이 매달려 있었습니다. 너는 풍경 소리를 들려주고 싶어서 사람을 찾고 있었어요. 다시 바람이 불기 전에, 무언가 부딪치기 전에 사람을 찾아야지. 사람에게 들려주고 싶다. 하지만 아무 일도 벌어지지 않았습니다. 정말 아무런 일도. 풍경 소리도 다시 들리지 않았고. 그러므로 너는 손가락으로 풍경을 건드려보지만 이상하게도 소리가 나지 않는군요. 소리가 없군요. 너는 네 목소리를 내봅니다. 네 목소리를. 입술을 동그랗게 오므리면서. 그렇다고 풍경 소리 같지는 않았습니다. 너는 네 목소리 뒤로 돌아 나가는군요. 이제 다른 소리들마저 다 뒤로 돌아 나가네요. 그러면 거기 누군가 있을지도 모르겠군요.

그것을 필요로 하지 않는 움직임

너는 찾고 있다. 무엇이 너의 기억이 될 수 있나. 너는 어떤 것에 마모되는가. 너는 어떤 것에 잦아드는가. 너는 어스름에 머무르다가 어스름을 떠나고 있었지. 떠난 후 냇가에서 흐르는 소리를 듣고 있었지. 그러나 냇가가 버린 무음을. 원래 없었던 것들을. 무음에 관해서 네가 움직일 때면 헤엄쳐 오는 기억이 있나. 너는 찾고 있나. 이 냇가에서 기를 수 있는 것들을. 다 기르고 난 후의 일들을. 머무르다가 흔들리는 것들을. 이런 것들을 과거라고 생각할 수 있나. 기억이 되어 당분간 멈출 수 있나. 무음에 기대어 너는 냇가로 들어갔지. 네가 건질 수 있는 것과 없는 것. 그것을 필요로 하지 않는 움직임.

창문을 열어놓을 때 곳에 따라 비

녹음이 흐르나. 여름이 흐르려나. 묘지와 입술이 흐르나. 창문을 조금 열어놓은 사이 흐르는 것들. 사나흘이 흐르고 조각과 진창이 흐르고 창문을 조금 열어놓을 때 곳에 따라 비가 내리고 빗물이 흐르는 사이 너는 창문 앞에서 창문을 조금은 지키고 있다고 말할 수 있나. 창문을 열어놓을 때 너는 조금은 나갈 수 있었고 다시 조금은 들어올 수 있었고 너는 망설이고 있었고 그러는 사이 방이 흐르려나. 방이 흐르면 너는 놀라 밖으로 나갔다가 창문으로 숨으려나. 돌아볼 새 없이 방은 흐르고 사나흘이 흐르고 너는 나가지도 들어오지도 않은 상태로 창문 속에서 머물고 있었다. 극장이 흐르고 있었다. 생몰이 흐르고 있었다. 곳에 따라 촌락과 강변이 흐르고 있었다. 때에 따라 갈 곳이 흐르고 있었다. 갈 곳을 잃고 있었다. 너는 있었나. 너는 없었나. 너는 눈이 없었다. 너는 흐를 때 눈이 없었다.

이윽고 겨울밤

이윽고 겨울밤이라니, 이윽고 겨울밤, 이윽고 겨울 밤. 겨울밤의 이미 한가운데에서 나는 이윽고 겨울밤이라고 혼자 중얼거려보았다. 겨울밤의 행위자가 되어서 떠나고 산란하고 이윽고 겨울밤이라니, 나는 끝없는 겨울밤의 몸속을 휘젓고 다니는 느낌이 들었는데. 그렇게 겨울밤의 몸속에서는 내 생물이 순간적으로 불어났다가 사라지고 또 사라졌다가 다시 일어나는 것 같았지. 그러므로 몸속을 계속 걸어갑니다. 거닐면서 맞부딪친 생물들에 휩쓸리고 휩쓸려 넘어지다가 일어나면 그것들을 다시 좇을 것이다. 밤공기를 따라서. 매번 따라간다면 불쑥 겨울 밤공기를 스치는 얼굴들이 떠오르고 내가 그 얼굴이 되어봐도 좋겠다는 생각이 들고 그러니까 그 얼굴의 얼굴이, 얼굴로 파생된 얼굴이 되어봐도, 아니라면 내가 밤공기라고 자처하면서 밤공기의 퍼져나감이라고 밤공기의 흩어짐이라고 아스라함이라고 내 몸을 피해서 나아갈 거라고.

그 후 나는 멈칫했지. 흔적을 남기지 않을 거야, 그렇게 조심스럽게 걸어가는 모습으로 내 겨울 풍경은 성사되는 것 같았다. 이윽고 겨울밤의 몸속에 주저앉아 있으면 온갖 상념이 나를 휘감을 거야, 궤적 없는 그리움이 자리 잡을 것이고 무엇이든 은유가 될 수 있을 것이고 겨울밤 나는 서서히 잠들었어, 이윽고 녹아 있는 듯했고 스며드는 듯했고 겨울밤 나는 잠들며 겨울밤마저 잠들게 하는 것 같았나. 다 잠드는구나. 잠들면 잠들 수 없네. 빠져나갈 수 없네. 그렇게 녹아내리는 이미지 속에서 나는 감싸고 있는 듯했지. 감싸면 무언가를 돌보고 있다는 감각, 물듦과 증강의 이미지가 계속 흐른다. 그게 낯설었나. 그러니까 내가 누군가를 돌볼 수도 있다니, 너를 안아 어르고 달래고 먹이고 씻기다니, 오랫동안 그렇게 해나가면 너는 점점 커나갈 거라니. 커나가면서 너는 혼자 세면대에서 물을 받은 채 서 있을 수도 있었고 고개를 숙인 채 물속으로 얼굴을 담그며 숨을 참을 수도 있었는데. 그때 떨어지는 속눈썹, 속눈썹, 속눈썹. 너는 물속의 그것을 손가락으로 건지려 안간힘 썼으나 아무리 해도 잡히지 않았어. 그러므로 물을 빼냈지만 함께 빨려 나가는 속눈썹, 속눈썹.

한동안 너는 망연한 표정으로 있었지. 이윽고 겨울밤 너는 다 잊은 양 제 눈꺼풀에서 속눈썹 하나를 떼어

낸 후 오랫동안 들여다보았다. 아주 오랫동안 그러고 있으면 산란하는 이미지 속, 너는 나를 응시하는 듯했고 이미 다 자라난 것 같았는데…… 나는 쉿, 비밀이라며 다 큰 너를 계속 돌볼 수도 있을 것 같았나. 계속 움직일 수 있을 것 같았나. 이제 잠들 수 없고 이윽고 겨울밤이고 누구든 살길을 찾을 테지. 너는 외출을 할 테지. 누구든 생계를 이어나갈 테고, 누구든 문을 열고 나가 겨울밤 밖에서 얼고 있는 것들을 다 안으로 들일 테지. 이윽고 겨울밤, 돌아와 녹고 있는 것들을 멍하니 바라볼 것이다. 그게 무엇이었는지. 얼고 녹는 것이 무엇인지. 이윽고 겨울밤, 이윽고 겨울밤과 함께.

눈 내리고

눈이 온다

눈이 오네

눈이 내릴 때 눈이 온다고 말하는 사람을 봤어요

눈이 내리니까 사냥을 하러 가야겠네

그렇게 옆에서 농을 치는 사람과 함께

내리는 눈을 하염없이 바라보는 사람을 봤어요

내리는 눈을 보고 우는 사람을

지나간 옛날을 떠올리자마자 눈물 흘리기 시작하는 사람을

현재를 다 잊은 듯이

눈이 내리니까

내리는 눈을 보고 나는 사람을 만들러 밖으로 나가야겠다고 생각했는데

우는 사람을 봤어요

우는 건 어디에도 없었어요, 그 사람 말고는

내리는 눈을 보고 우는 사람은 눈 코 입만 있었어요

나머지는 다 희고 눈은 계속 늙어가고 이미 다 늙은 채로 내려

나는 우는 사람을 통해 걸어가야겠다는 생각을 했

습니다

　내리는 눈에 파묻힌 채

　하지만 나는 어디에도 없는 것 같았어요

자장가

나는 시골길을 걸어가요. 내 옛날 외가의 풍경과 닮은 시골길을. 하지만 이곳은 처음 온 이국이므로 낯선 동물들이 있군요. 이 동물들을 무어라 불러야 하지, 궁금해하면서 나는 걷는군요. 그래도 익숙한 동물을 발견해서 나는 안심했습니다. 소라고 부를 수 있는 동물이 논 위에 있어서. 소야, 소야. 나는 그것들을 보면서 걷다가, 비탈에 앉아 있는 사람을 또 처음 발견한 것 같군요.

그는 자장가를 불러요. 그 옆에서 소는 잠들어 있는 듯합니다. 그의 자장가는 이국의 언어와 목소리로 들렸고 나는 못 알아들었으므로 다만 속으로 불렀어요. 자장가야, 자장가야. 그러면 자장가는 유순한 동물 같군요. 그때 마침 처음 본 또 다른 사람도 지나가는군요. 자장가를 듣고서 박수를 치는 사람. 하지만 박수 소리가 울리자 소는 잠에서 깨어나는군요. 박수 친 사람은 미안하다고 말하며 황급히 시골길을 지나가고.

자장가로 인해 소가 잠에서 깨어나다니.

자장가를 불렀던 사람은 슬퍼했습니다. 그 모습이 안쓰러웠으므로 모든 상황을 지켜보고 있던 나는 그

사람에게 다가가고 있었어요. 자장가를 불렀던 사람
아, 자장가를 불렀던 사람아. 그를 위로해주고 싶어서
나는 부탁했습니다.

내게 자장가를 불러주세요. 그러면 잠이 밀려올 것
같군요. 소가 자던 잠까지 다 잘 수 있을 것 같군요.

안 돼요. 그럴 수는 없습니다. 자장가를 불러줄 수는
없어요. 당신은 이미 다 크지 않았나요. 자장가 없이도
잘 잠들 수 있지 않나요. 그러므로 불러줄 수 없어요.

그럴 리가요, 그럴 리가.

나는 그 사람의 말을 듣고 상심한 채 시골길을 더 걸
어갔습니다. 그럴 리가, 속으로 읊조리면서. 이제 나는
더 잘 수는 없다고 생각하면서.

안개비

창밖을 보렴
너는 안개비 내리는 창밖을 바라보다가
함께 사는 동물에게 말했지
창밖을 봐

하지만 창밖을 바라보지는 않았다
그곳으로 드나든 적은 없었으니까
대신 현관문을 쳐다보며 앉아 있었지 네 무릎 위에서
현관문을 통해 이곳을 오고 갔으므로

동물은 닫힌 현관문 너머 다가올 사물을 부르는 것
같다
사물은 서서히 다가오고 있는 것 같다
아주 서서히
그렇게 바라보고 있으면

너도 동물을 하염없이 바라봤어
하지만 동물은 네 눈을 피했지
동물은 인간이 아니니까 너는 계속 그 눈을 바라볼

수는 있었다

피하는 눈이라도
네가 오래 그러고 있으면
눈 말고 다른 부위에 닿을 수 있었고
너는 안개비 내리는 창밖으로
초점을 잃었고

이후

공간 속에 멈춰 있었다.

이 공간을 구성하려 하나. 나는 어디에 서 있어야 하나. 나는 이 구도 속에 있는 것들을 나열하고 그러니까 그것은

모과나무, 모과나무의 가지를 무는 것, 물어서 흔드는 것, 전선 속으로 흘러드는 것, 녹, 녹과 입술과 진물, 사람과 또 다른 사람 그러므로 두 사람이 있고, 막, 막 사이 틈으로 쏠려서 밖으로 나가는 저녁놀.

이렇게 나열된 것들은 조금씩 비틀리고, 비틀려서 내 앞에서 움직이거나 움직이지 않고, 이 모든 것에 사이라는 게 있다면 앞서 언급한 두 사람은 이렇게 말하면서 서 있다, 구도 속에서.

A: 나무의 뒤를 바라보고 있습니다.
B는 나무의 앞뒤가 어디 있느냐며.
B: 왜 나무가 당신과 마주하는 게 아니라 당신을 등

지고 있다고 생각하는지.

　A는 답하지 않은 채 다만 오랫동안 서 있고.

　B: 그러면 내 앞에서 당신을 나무 뒤에 심어둘게.

　이런 식의 대화 속에서 서서히 잠드는 것, 모과나무로부터 물러나거나 물러나지 않고 그것을 둘러싼 두 사람에 대하여, 그 둘 사이에서 다시 비틀리는

　기류, 기류 속에서 아스러지는 것들, 핏빛과 그림자와 포물선, 포물선을 그리는 환영, 안으로 들어와 구축된 후 사라진다는 것, 가지의 끝이 조금 흔들리고, 그후 일요일, 불현듯 정전…… 그렇게 끝없이 이어지는 것들이 두 사람의 대화라고

　나는 나열하면서 두 사람 사이로 들어가 있다. 움직이거나 움직이지 않고 있다. 두 사람은 동시에 나를 쳐다보고 있나. 나는 최선을 다해, 가장 모과나무 같은 모습을 하며 사이에 서 있으려 한다, 미동도 없이. 이래도 되는 것인가. 누가 누구에게 누구를 들킬 수 있는 건지.

2부

공터를 통해

공터를 잃었네. 있었는데. 옆 사람과 흰 개와 함께 공터 밖을 서성이고 있었는데, 공터를 잃었고 옆 사람은 회상하고 있다. 흰 개는 잃은 공터를 향해 짖고, 못내 짖다가도 지치기를, 나는 바라며 기다렸지만 이내 흰 개를 내버려둔 채 옆 사람과 함께 공터 밖을 산책한다. 둘레의 움직임을 만들면서 걷고 걷다가 내가 바라보는 건 과거의 공터, 고개를 천천히 돌리면 옆 사람을 텅 비우는 공터, 계속 걷자 공터를 처음 잃었던 지점에 도착했는데, 흰 개는 없었다. 짖음도 없었고. 흰 개야. 아무도 없어서, 흰 개가 어디로 갔는지 물어볼 사람도 없어서 나는 흰 개마저 잃어버렸네. 옆 사람은 나를 쓰다듬었지. 상심하지 말라고, 엎드려 흰 개의 흉내를 내며.

흰 개를 통해

흰 개가 있어. 나와 함께 공터를 산책한다. 흰 개는 나의 개이자 공터의 개 그러므로 나와 함께 공터를 산책하지. 산책하며 서로 사라지기도 하지. 나는 흥얼거리며 흰 개를 두고 달렸다. 흰 개는 나를 따라 달렸다. 하지만 흰 개가 따라올 수 없을 정도로 더 빨리 달려. 더 빨리, 나는 속으로 외치며 더 빨리 달렸어. 흰 개는 쫓아오다가 쫓아오기를 그만두고 멈춰서 나를 쳐다보기만 한다. 고개를 갸우뚱거리며. 나는 흰 개에게 되돌아가지.

흰 개는 나를 잊은 것 같다. 나를 잊은 척하나. 나는 흰 개를 쓰다듬고 안아 들었다. 이윽고 바라본다. 흰 털과 눈과 입술을. 흰 털과 눈과 입술을 지닌 개는 내가 안은 흰 개 그러나 흰 개는 입술이 검은 개. 그런데 입술 위로 검은 게 나 있다. 이건 검은 털이구나. 흰 개인데 검은 털이 하나 나 있다. 그게 너무 신기했어. 흰 개도 늙어가나 보다. 검은 털이 났다는 게 늙어감의 증표인가 보다. 나는 놀라워하며 나도 모르게 소리쳤지. 흰 개한테 검은 털이 났어요. 사람들은 나와 흰 개 주위로 몰려들었다. 흰 개를 바라보는 사람들과 사람들을 바라보는 나와 멀뚱한 흰 개가 있는 공터에서 나는 흰 개의 검은 털을 가리킨다. 사람들은 검은 털을 살펴보려 하지. 줄을 서서 그것을 만져보려 한다. 줄이 길어. 줄이 나무 뒤까지 나 있어. 나무가 사람들 뒤까지 나 있어. 사람들은 끝도 없이 서 있었고 나는 그만 지쳐서 옆 사람에게 흰 개를 맡긴다.

　나는 공터를 산책하고 있지. 공터를 돌면서 흥얼거린다. 공터의 흰 개, 사람들의 흰 개 그러니 나는 흰 개와 멀어져서 공터를 돌고 있다. 흰 개가 없으니 빨리 달려도 괜찮아. 더 빨리 달릴 수 있다. 공터를 계속해서 달리고 싶어. 나는 더 빨리 달렸다, 더 빨리. 그래도 더욱더 빨리 달릴 수는 없었지. 문득 내 뒤로 아무도 따라오지 않는 게 슬퍼졌지. 아무도 내 뒷모습을 바라보지 않는 게 낯설었다. 흰 개는 어디에 있나. 나는 흰 개가 있는 곳으로 돌아가고 싶어. 나를 잊었으려나.

　나는 달려갔다. 다행히 저기 흰 개가 있었지. 흰 개는 홀로 공터를 돌고 있다. 사람들은 어디에 있나. 옆 사람은? 흰 개는 나를 보고 짖는다. 흰 개를 보자 반가워서 나도 짖는 시늉을 한다. 반가워, 흰 개야, 반가워.

나는 안아 들었지. 흰 개는 나를 쳐다본다. 그런데 검은 털이 보이지 않아. 검은 털이 사라졌구나. 나는 물어보고 싶다. 흰 개야, 공터의 흰 개야, 검은 털은 어디로 갔어, 어디로 갔니, 흰 개야. 나는 흰 개의 흉내를 내며 묻지만 대답할 리 없지. 대답할 리 없다. 검은 털은 어디로 갔나. 물어볼 수 있는 옆 사람도 없었다. 나는 마음이 이상했어. 흰 개를 품에서 내려놓았다.

흰 개는 공터를 돌았어. 공터를 끝도 없이 돌 것처럼 돌며 돌다가 공터 밖으로 뛰어나가고 있다. 공터를 벗어나자 흰 개는 일어났다. 일어나서 아주 천천히 걸어나갔다.

흘러가본 거울 또 거울을 흘러가서

거울이 탐방로를 담는다
거울이 옷을 담고
거울이 안개와 밭을 담고
그 거울을 이어 붙여보고
담은 것들을 네 거울처럼 대하면
너는 흘러가는구나
흘러가본 너는 조금씩
거울을 남기는구나
거울은 일기日氣를 담는다
거울은 계절을 담는다
네 신체를 떠돌지
흘러가본 거울
또 거울을 흘러가서

백설

그럼 나랑 같이 놀아요. 이렇게 말했습니다. 나는 속으로 여러 차례 목소리를 내봤어요. 그럼 나랑 같이 놀아요. 입을 통해서도 말했습니다. 아무도 내 목소리를 듣지도 입 모양을 보지도 못했을 테지만. 나는 말했어요. 이 편지를 통해서가 아니라. 밤 기차를 타고 집으로 돌아가면서. 지금 나는 거기 없지만 훗날에는 그 어느 곳에서도 없을 거라고 생각하면서. 그럼 나랑 같이 놀아요, 하고 반복했습니다.

밤 기차를 타고 가면서요. 그랬으니 마침 밤 기차를 타고 가는 사람이 등장하는 동화가 떠올랐습니다. 동화에서는 마을 사람들이 나오고 마을 사람들은 모두 집으로 돌아갑니다. 밤이었으니까. 상점에서, 거리에서, 술집에서, 강에서, 바다에서, 숲에서, 어딘지 모를 곳에서도 모두들 집으로 돌아가요. 돌아갑시다. 어느 순간 그렇게 말하며 돌아가요. 그리고 마지막 장면에서는 누군가 홀로 집을 나서고 있습니다. 한밤에 기차를 타는 사람. 그 사람이 창문 밖을 바라보면서 동화는 끝이 나요. 그렇게 끝이 납니다. 그럼 나랑 같이 놀아요. 하지만 같이 놀 수는 없어요.

이 기차는 사람을 태우지 않고 갑니다. 사람이 없으니 내부는 텅 비었고 외부에서 누군가 창문을 통해 바라봅니다. 텅 빈 안에서라도 누군가는 밖을 쳐다보는 것도 같습니다. 그리고 나는 이 모든 기차와 멀어져가요. 나는 편지를 따라서 이동하고 있습니다. 이 편지는 어디에 있나요. 나는 어디 있는 건지. 나랑 같이 놀아요. 나는 내가 어디 있는지 사실은 잘 압니다. 하지만 그렇다고 말하기는 싫었어요.

풍등

안쓰럽다고 생각했어요. 도서관 안으로 새가 들어
와 있다면. 들어와 나갈 곳을 찾지 못한 채 퍼덕거린다
면. 시간이 흘러 바닥에서 죽은 듯 있다면. 나는 안쓰
러워요. 하지만 안쓰러워하는 것과 인간화하는 건 다
르다고 생각했습니다. 인간이 아닌 걸 인간이라고 말
하지 말아요. 다만 안쓰러워하며 행동할 수는 있다고.
어느 날 나는 새를 통역하는 인간이 되고 싶다고 생각
할 뻔하다가 흠칫 놀라서 도서관을 나섰습니다. 두 발
로 일어나 나는 다만 하나의 인간이니 교정을 배회하
며 미래를 계획했죠. 하지만 미래는 불투명하군요. 미
래는 절망적이군요. 이제 미래를 생각하는 건 터무니
없이 지겨워. 나는 내 얼굴을 두 손으로 감쌌습니다.
안쓰러워하던 감정은 멀리 날아가버렸고 나는 하릴
없이 불투명한 미래만 바라보는 인간이 되어버렸습니
다. 그게 화가 났어요. 나는 그런 인간이 되고 싶지는
않았었는데. 그렇게 교정을 벗어났습니다. 계속 걸어
가면서 인간의 형상을 본뜬 것들과 어떤 형상이든 인
간처럼 만들어진 것들을 주시하기도 했고 다짐으로
훗날을 실현하려는 사람이 되기도 했습니다만 나는

내 눈을 피해 다녔어요. 나는 오늘도 내 인간의 하루를 보냈습니다.

열린 창과 열린 문

날벌레가 날고 있었다. 그는 방 안에 있었다. 내가
바라봤을 때 그는 창을 열었고 창밖에서 소음이 들렸
으며 날벌레는 방 안에서 날고 있었다. 그는 방충망을
열고 싶었다. 하지만 방충망은 열리지 않았으므로 그
는 날벌레를 창밖으로 내보낼 수 없었다. 그는 움직이
고 있었다. 현관문 쪽으로 손짓하면서 여기로 오라고,
안내하듯이 여기로, 그는 다가가 문을 열었다. 거기까
지는 날벌레가 따라오지 않았고 그럼에도 열린 문을
통해서는 누구라도 대신 나가야 할 것 같았고 그는 문
밖으로 나가고 있었다. 날벌레는 날고 있었다, 방 안에
서. 여전히 문밖으로는 나오지 않은 채 창 주변을 맴돌
았고 그는 문밖에서 서성였다.

열린 문으로 날벌레가 나오길 바라며 그는 한참을
기다렸다. 날벌레는 나올 리 없었다. 어떻게 밖으로 불
러낼 수 있을지 그는 궁리했고 문밖에서 집 둘레를 걸
으며 아까 열었던 창으로 가까이 다가갔다. 창밖에서
안을 들여다보고 있었다. 날벌레는 날고 있었다. 창은
열려 있었지만 밖에서도 방충망을 열 수는 없었고 날
벌레는 나갈 줄 모르며 날았다. 무슨 수가 없을까. 그

는 도구를 찾으려 했다. 다행히 발견할 수 있었고 구한 도구를 이용할 줄 알았으므로 그것으로 방충망을 찢고 있었다. 날벌레는 날고 있었다. 그는 방충망의 찢어진 공간을 통해 손을 넣었고 밖으로 나오라고, 손짓했다. 그 순간 날벌레는 창밖으로 날아올랐다. 그는 날벌레를 바라보다가 이내 찢어진 방충망에 시선을 두었다. 더 찢을 수 있었다. 그는 그 공간으로 몸을 밀어 넣을 수 있었고 실제로 방 안으로 들어갔다.

날벌레는 날아가고 없었다. 방 안에서 그는 열린 방충망을 보며 그곳을 통해서 또 나갈 수 있는 게 없는지 주위를 살폈다. 하지만 찾지 못했고 창밖에서는 날벌레가 멀리 날아가지는 않고 맴돌고 있었다. 그는 방 안에서 다시 손짓하며 날벌레를 부르고 있었다. 하지만 다시 들어올 리는 없지. 그는 애타게 손짓하고 있었다. 애타게 찾고 있었다, 날아갈 수 있는 것을. 나는 방에 숨어서 그 모든 걸 지켜보고 있었다. 열린 창과 열린 문을 번갈아 쳐다보면서.

동행을 따라다니는 풍경

동행을 따라다니나. 전시관과 꽃담과 수용소에서 눈앞으로는 이미지가 만발하고 나는 가로지르고 동행이 시야에서 사라지면 짐짓 두리번거린다. 쏟아져 들어오는 사람들 속에서 나는 동행을 찾으려 한다. 하지만 못찾지. 못 찾은 채 다른 관으로 넘어가면, 수십 개의 화면. 그것들이 한꺼번에 내 눈을 덮칠 때 나는 나를 어디까지 나눌 수 있을까. 나를 어디까지 떠올릴 수 있을지. 따라다니면 동행은 나타나나. 나타나면 내 시야는 어디에 있으려나. 동행은 가만히 있을 줄 모르고 나는 내내 도처의 풍경처럼만 다가가고……

구름과 생물

구름을 찾자

구름을 찾자

허물을 벗으면서 올려다보면

구름은 내리는 것 같고

그런 느린 생물을 어디선가 떠올려본 것도 같다

귓갓길에 그런 생물을 골똘히 떠올려보는 인간도 어
디선가 마주친 것 같다

매일 반복하면서

구름을 찾자

구름을 올려다보면

풍경의 인간 속에서

생물은 터져버릴 것 같아

말

　말을 탈 수 있는 곳은 어디인지. 밤에 걷다가 나는 타야 할 거라고 느꼈고, 그것이 말이었으면 좋겠다고 생각했다. 하지만 어디서 타볼 수 있나, 여기서 얼마나 멀리 가서야 가능한지 문득 헤아려보게 되자 나는 아득해졌고, 그럼에도 갈 수 있어서 막상 도착하게 된다면 혹시나 말 타고 싶은 기분이 사라져버릴까 봐 주저하면서 걸었지. 마치 가능할 것처럼. 이미 밤이 되었고 저 멀리 가기란 불가능하고 말은 아마 자고 있을 텐데, 나는 왠지 그 불가능한 일이 가능도 할 것처럼 느껴져서 말 타러 가야 할지 말지 내내 망설였다. 하지만 자고 있을 말의 모습이 떠올랐으므로, 나는 갈 곳을 변경했고, 발이 닿는 곳으로 발이 미끄러지는 곳으로 발이 서성이는 곳으로 발이 멈추는 곳으로 향해 나아가자, 시장으로 들어서게 되었지. 거기서 두리번거리면서 살 것을 산다. 사지 않아야 할 것도 마구 사게 되고 신이 났다는 듯 마구 저질러버리겠다는 듯 청휘조를 사고 알로카시아를 사고 맥문동과 피를 사고 율마와 거울과 해먹을 사고 로봇을 사고…… 그 모든 것을 사서 둘러메고 집으로 돌아갔어. 방에서 나는 그것들을 바닥에 풀어 헤쳐놓은 채 오랫동안 바라봤지. 움직이는 것들은 움직이고 움직이지 않는 것들은 움직이지 않는다. 나는 움직이다가 움직이지 않는데, 문득 광기 어린 사람으로 분扮하고 싶다는 생각이 들었고, 그렇다면 바닥에 있는 것들을 즉흥적으로 패대기치자 어질러뜨리자 뒤섞어버리자, 하지만 그건 몹쓸 짓 같았으므로 말을 동원했지. 말은 거칠군. 말은 요란하군. 방 안에서 분탕을 치고 벽에 부딪치는군. 나와 내 주위를 박살 내고 짓이긴다. 물론 상상 속에서 가능한 일이었고 나는 방을 가득 메운 그것들을 다만 바라보며 창문을 열었다. 열린 문으로 무언가 내놓고 있다는 기분에 휩싸여서 나는 베개와 이불뿐인 침대 위로 올라가 누웠다. 누우니 잠들었지. 잠든 후 꿈을 꾸고 또 잠들고……

　나는 말을 끌고 집 밖으로 나가고 있었네. 들판으로 걸어가니 눈앞으로 언덕이 펼쳐졌고 나는 내가 끌고 가는 이 순한 말이 곧 죽으리라 직감했다. 하지만 이대로 죽어선 안 돼. 여기서 죽으면 안 된다고 다독이며 더 나아가길 재촉했네. 말의 두 눈 앞에서는 사람들만

이 어른거렸으므로 나는 말이 좀 다른 것들을 볼 수 있었으면 좋겠다고 생각하면서. 그때까지 살아야 한다고. 말과 함께 더 멀리 걷다가 얼마 안 가 어린 말을 마주쳤다. 나는 어린 말을 바라봤네. 하지만 내 옆에서 죽어가는 말도 그 어린 말을 봤으려나. 하지만 나는 그 모습은 못 봤어. 보는 모습을 못 봤지. 다만 내가 그 어린 말을 바라볼 수는 있었고 두 눈이 있었고 나는 울고 싶은 기분이 들었다. 장면은 바뀌어서…… 계속 전환하는 공간 속에 놓여 있었는데 나는 어딜 가나 그런 기분이 들었네.

나는 잠에서 깨어났지. 깨어난 후 침대 주위를 둘러봤다. 일어나서 내가 산 것들을 다 내 몸에 걸쳐보고 있었지. 그렇게 집 밖으로 나서고 있었지.

심을 수 있는 마당

무엇을 심어도 되겠지
심을 수 있는 마당
새로운 날씨가 된다면
새로운 곤충이 온다면
심을 수 있는 마당
돋아나는 나물을 심고
그 나물 속으로
내 발자국과 현기증이 들어간다
심을 수 있는 마당
내 방을 심고
우주본도 심었다
파헤쳤다
나는 아래를 내려다보았다
계속 내려다보고 있었다

방죽으로

　사람들은 방죽으로 가자, 간다고 말하면서 이미 왔음에도 몸을 출렁이며 사람들은 방죽으로 갑니다 가기로 했으므로 가고
　나는 방죽으로 나가지는 못한 채 숨어 있다 강 속에서 사람들 뒤를 응시하고 있다 사람들은 넘어질 것 같네
　하지만 사람들은 다리가 없구나, 깨달으면서
　그런데 잘도 걸어가지
　잘도 걸어가는 모습을 당연하다고 느끼면서 나는 사람들 속으로 합류하려 한다 가자, 올라가자 강에서 방죽으로 올라가면 찰나 뒤에서 무언가 접근해오는 듯하고 나는 뒤돌아보지는 못하고
　뒤에서는 내 다리를 자르려 하는구나
　그런 기분이 엄습한다
　그러나 꿈이었고
　깨어나므로 다행히 꿈이었다고 자각한 후 나는 잠 못 들고 있다 누워서 천장을 바라보면서 천장으로 비치는 어두운 것들에 암순응하고 그러므로 잠들어 나는 도로 꿈속에 있었지 방금 꾼 꿈을 해몽하러 이동하고

있었다 배회하면서도

다만 아래로 가자, 어떻게든 나는 계속 아래로 가고 가면 갈수록 해몽해줄 사람을 찾지는 못할 것 같아, 체념하면서도 한참을 걷고 걷자 강이 보이고 있다

강으로 흘러내리는 토사 위에서

사람들의 목소리가 들리네

들려요?

……

안 들리네

설마

수군거리는 목소리

얼굴에서 떠도네

호수 눈

호수에서 눈이 녹고 있었다. 그는 아무 말 없이 그렇게 했다. 호수 속으로 눈이 녹아 떠내려간다면. 녹은 눈 속으로 호수가 떠내려간다면. 하지만 그게 아무렇지도 않다면. 그는 그렇게 해버렸다. 이게 다 무엇이냐고, 그는 물었다. 아무 말 없이 물었다. 기중기가 불타고 있었다. 호수는 새 같다. 눈은 날개 같고. 제비꽃이 불타고 있었다. 그는 아무 말 없었다. 창고가 불타고 있었다. 그는 아무 말 없이 물었다. 녹은 눈 속에서 묻고 있었다. 호수가 불타고 있었다.

더 깊은 숲으로

숲으로 들어갔어요 깊은 숲으로 더 깊숙이 들어갔어요 길이 없는 숲으로 더 들어가자 오솔길이 나왔습니다

오솔길은 멀리 이어져 있었고 양옆으로는 내내 있던 그 숲이 그대로 있었어요 하지만 숲에서 무언가 나올 것 같았어요 내가 나왔듯이

무언가 무서운 것이 나올 것 같아서 오솔길을 따라 걷다가 인형을 던져두었습니다 혹시 나온다면 나 대신에 물어 가라고 그래놓고 나는 내내 달렸어요 무서워서

뒤돌아보지 않고 달렸는데 끝에 이르자 다시 숲이었습니다 더 깊숙이 들어갔어요 숲으로 깊숙이 들어갔지만 더는 길이 보이지 않아서 되돌아갔어요 과거의 숲으로

그렇게 걷다 보니 그 오솔길이 나왔습니다 오솔길은 그대로예요 멀리 이어져 있었고 더 걸어보니 바닥에 인형이 보였습니다 던져두었던 모습 그대로

그래서 무서웠어요 인형을 들여다본 후 나는 더 무서워져서 한참을 내달렸어요 끝으로 다 끝날 때까지 내달렸습니다 숲을 향해서 더 깊은 숲으로

3부

산책했죠

산책했죠. 우산을 사러 가야지, 생각하면서. 비가 오고 있었으니까. 밖으로 나가니 그러므로 이제 필요해진 우산을 사야 할 거라면서, 나는 산책했죠. 그렇게 우산 가게로 향했습니다. 비는 내리고 있었고, 하지만 가게에는 마음에 드는 우산이 없었어요. 아무리 봐도 우산 같지 않았어요. 잠깐 우산 같은 게 무엇인지 골몰했지만 그랬음에도 어쩔 수 없었으므로 나는 가게를 나섰습니다. 우산 같은 건 무엇인가, 생각하면서. 할 수 없이 더 먼 곳에 있는 우산 가게로 향했어요. 우산 같은 건 무엇인지, 비는 내렸고 가게로 걸어가는 사이 비가 그칠까 봐 조마조마했습니다. 나는 이미 우산이 필요해져버렸는데요. 그건 어쩔 수 없는 일이었습니다. 산책했죠. 눈이 오기를 바라는 마음으로 비는 내리는 것 같았고, 나는 빗속에서 숨기도 하고 빗속에서 젖기도 했습니다.

그 편지를

편지를 왜 보내지 않아요. 나는 받지 못할 편지에 내내 답장을 쓰고 있는 것 같습니다. 혹은 쓰지 않을 편지를 쓰고 있는 것 같아서 기분이 이상합니다. 나는 편지에 매여 있어요. 편지가 오지 않는 동안에 나는 미래의 편지를 써야 할 것이라며 편지에 붙들려 있어요. 그렇게 나는 어떻게든 쓸 수가 있었습니다. 어제에 대하여 오늘, 오늘에 대하여 어느 미래에도.

어제는 그림자에 대한 이야기를 들었습니다. 산책을 떠났다가 산책이 끝 모를 것처럼 이어졌으므로 집으로 돌아가지 않는 한 사람에 대해서. 그 사람은 몇십 년이 걸리는 산책을 마치고 마침내 집으로 돌아오게 됩니다. 오후 4시 즈음, 빛은 사선으로 들어와 의자의 긴 그림자를 만듭니다. 그리고 그 사람은 그림자에 앉아 의자의 일부가 된다고 합니다. 그렇게 그림자로 끝나는 이야기를 들었어요. 그건 누가 말했던 걸까. 도대체 누가 내게 말한 건가요. 기억할 수 없어요. 기억할 수 없다고 지금 쓰고 있습니다. 다만 나는 계속 그림자가 생각났습니다, 그림자가…… 하지만 아니요. 이내 잊었어요. 그게 뭐라고. 찾지 못할 편지에만 존재하는 그림자인데 말입니다…… 그리고 어느새 시간이 흘러 나는 미래에 산책을 마치고 집으로 돌아가고 있었죠. 밤에 좁은 길목을 걷고 있었습니다. 고개를 숙이고 바닥을 쳐다보면서 걷고 걷다가 나는 내 뒤에서 누군가 다가오고 있다는 걸 알았습니다. 하지만 이상한가요, 아니면 당연한 건지 그걸 바닥의 그림자를 통해서 눈치챘어요. 그래서 나는 걸음을 늦추고 한 걸음 옆으로 비켜줬습니다. 그림자가 앞질러 가도록. 나는 바닥만 쳐다보면서 걷고 있었으므로 별다른 걸 보지는 못했습니다. 그래요, 그림자만 봤습니다. 그러므로 앞질러 가는 게 무언지 몰랐지만 만약 사람이라면 부디 눈을 감고 걷는 사람이길 바랐습니다. 눈을 감고 걸으며 눈앞으로 떠내려가기를. 왜인가요. 왜 그런 생각을 했는지는 잘 모르겠어요. 사실 그 생각을 했는지 아닌지도 모르겠습니다. 하지만 편지에는 그렇게 적도록 하겠습니다.

오늘 나는 하루 종일 카페에 앉아 있었습니다. 이 편지를 쓰려고 했어요. 나는 상황에 처하는 걸 좋아합니다. 상황이 나를 어떻게든 이끌어가도록. 그렇게 어떻게든 상황 속에서 나는 내가 변모해나가는 걸 좋아하는 것 같습니다. 직면하면서 갱신해나가길. 나는 카페에서 편지의 상황에 처해 있었습니다. 편지의 상황은 이상해요, 편지의 말은요. 그래서 빠져들 것 같았죠. 읽기만 해도 내가 쓰고 있는 것 같아서. 나는 언젠가 편지를 받은 적 있고 답장을 해야 하는데. 잘 모르겠습니다. 나는 당신과 잘 아나요. 아니면 모르는 사이가 되나요. 거리감이 있어서 편지를 쓸 수 있는 것 같나요. 아니면 실감이 있어서. 나는 나를 실험하고 있습니다. 나는 나를 실험하고 있었어요, 카페에서. 실험하면서 쓰기 위해서는 무언가 일어나야만 합니다. 나는 커피를 마시며 조용히 앉아 있었고 음악은 흐르고 있었고 무언가 일어나기를 바라고 있었습니다. 장면들이 있었는데 그래도 일어나지 않는 장면이라면 발생하게 해야 했습니다. 장면들 속에서 장면을, 그 장면 속에 있을지도 모르는 또 다른 장면을, 그 장면이 강이 될 때까지. 그리고 나는 그 과정을 보여줄 수는 없어요. 나는 어떻게든 쓰지만 과정을 보여줄 수는 없었습니다. 불현듯 강이 되고 그 강은 이미 검은 강이 되어버렸으니.

　나는 언젠가 카페를 빠져나옵니다. 카페에서 빠져나와 마침내 집으로 돌아가고 있습니다. 편지를 떠올리며 나는 내가 쓸 수 있는 편지도 생각하고 있어요. 그러므로 상황에 처해 있습니다. 나는 걸어갈 겁니다. 집으로 걸어갔나요. 잘은 모르지만 어쨌든 걸어갔을 테고 어떻게든 미래에는 집에 도착할 수 있었을 거예요. 과거에도요. 그리고 나는 이 편지를 부칠 겁니다. 언젠가 다른 사람들에게 보여줄 수 있을지도. 전부 찢어버릴지도. 나는 이미 보낸 편지를 전부 개작할 겁니다.

영상 밖에서

나는 영상을 보았고, 마침 고향에 있었고, 내가 유년 시절에 자라난 공간을 둘러봤다. 그것이 영상을 보기 전의 일인지 그 이후의 일인지는 기억나지 않고, 다만 나는 내가 자라났던 공간을 배회했는데, 그러기 위해서는 지금 살고 있는 곳에서 저수지와 숲과 동물원을 지나야 했다. 그곳과 이곳과 저곳을 지나면 정처 없는 풍경과 마주할 수 있고 그렇게 걸었고, 초가을의 빛, 연잎, 연잎과 연잎 사이 이미 떨어진 것, 떨어져서 흐르는 것, 무언가의 합창, 바람이 불어, 이전에 봤던 영상으로 언젠가 볼 영상을 말하고 싶고, 영상은 영상으로 나아가고 거스르고 그러면 점차 번져가는 회색, 푸른빛이 도는 회색과 소택지, 내 귓가에 붐비는 것들이 있었다. 그것들이 내 얼굴과 마주하고 내 얼굴을 짓는 것 같고, 파노라마, 사생寫生, 늦여름은 동물, 어딘지 늙어가고 있다는 기분을 지나쳐 갔고, 나는 영상을 보고 있다. 어떤 장면은 두 번에 걸쳐 변주된다. 변주되는 장면은 서너 개가 있고 그러므로 서너 개의 장면을 내 앞에서 재생시키고, 언젠가 걸으면서 그 장면들을 찾아 나서고 하지만 찾을 수 있나, 두리번거려. 지금은 눈앞의 장면을 따라 변주되는 내가 여럿 등장한다. 그 장면은 계속 이어질 것이다. 나를 몰래 지나칠 것이다. 어느새 유년 시절 내가 머물렀던 동선을 거닐 수도 있었다. 과거에 나는 여기에 있었나. 여기에 앉아서 서서 몸을 움직이고 표정을 짓고 무언가를 계속 잊어가고만 있었나. 나는 내가 했던 행적을 쫓아가고, 이곳의 건물은 여전히 낮아, 낮은 건물 위로 구름이 지나가고, 구름은 푸른빛이 도는 회색, 구름은 더 느리게 흐를 수도 있을 것 같고, 나는 저기서 연을 날렸네. 노인정과 주차장을 지나, 이곳은 의외로 숲과 지근거리에 있다고 새삼 깨닫고, 산책, 산책과 함께 멀리 달아나고, 낙엽이 떨어진 거리, 울타리, 울타리를 돌아 나가면 석양, 암석 아래에 괴인 또 다른 암석의 표면, 파편, 파편의 어떤 인과, 천천히 화한다는 것을 지나서, 비탈과 디졸브, 아래층의 꽃과 계단을 건너간다. 나는 내가 오랫동안 놀던 곳에 도착하지. 이곳은 변했고, 변해간 이곳과 함께 나도 서서히 변해갔으므로 놀라지는 않고, 다만 내가 살았던 아파트의 거실을 멀리서 쳐다보면서 동시에 영상을 보고 있다. 그러나 영상은 제쳐두고서 어떤 장면으로부터 파생된 형체와 감정의 것들을 머릿속으로 떠올려보았다. 그것은 이내 잊혔고, 영상의 이미지는 계속되었고, 또 다른 곳에서는 또 다른 사람이 있어. 그리고 영상 밖에서 영상 속으로 지나가는 기나긴 장마.

들풀 향기

들풀 뒤로 들풀
들풀을 덮는 들풀처럼
향기
나는 들풀을 놓쳤지
놓쳐서
내내 달아나면 달아나는 여울
여울의 입술이 되는
들풀
들풀과 함께 돌아서기
함께 벗기
눕기
누우면 나를 끌고 가는 들풀
들풀 향기
장면 밖으로 서서히 나는 끌려가지 흑백처럼
흑백으로
들풀을 대신하는 들풀
들풀이 없는 들풀
향기
장면 밖으로 퍼져나가는

가을이 오고 있었고

가을이 왔네
가을이 왔지
두 사람은 가을이 왔다고 말한다
마침 너도 와서
가을이 왔다고, 말하려다가 문득
작년에는 가을에 대한 시를 쓰려고 했는데
쓰지 못한 채 가을이 왔어
가을은 쓰지 못한 가을이면서도 다시 돌아왔지
그렇게 올 수 있었다고
나란히 두 사람 옆에 서서
너는 가을이 텅 빈 것 같다고 생각한다
그렇게 말하려다가
이걸로 시를 쓰자
정말로 가을은 텅 비어 있는 것 같으니
텅 비어서 가을이 되어버린 것 같으니……
하지만 이미 누군가 했던 표현 같아서
너는 더 이상 가을이 텅 비었다고 생각하지도 텅 빈
다른 것들을 떠올려보지도 않았다
그러면서 가을은 왔지

가을에 대하여 그래도 너는 어떤 말을 할 수 있을까
텅 빈 것이 아닌 가을에 대하여
너는 어떤 모습을 쓸 수 있을지 생각해보다가 마침
두 사람에게는 물어볼 수 있었지
가을은?
가을, 하면 떠오르는 것은?
두 사람은 웃으며,
휘파람
귀뚜라미
해일 그리고 빛
고궁과 칼
방목장과 노을……
묘약
농담과 뺨
찌르레기
베란다, 비누와 천사
누룩
오렌지와 일기장……
두 사람은 웃었는데

나열하는 것들은 점점 가을과 멀어지는군요

가을이 아니라도 좋을 것들이군요

서로 말하고 말하는 걸로 연상하다가 너를 바라봤지

너도 두 사람을 바라보고 있었어

그것들로 시를 생각해내려 하면서

이윽고 두 사람 중 한 사람은 떠나간다고, 안녕

떠나가며 남은 가을을 잘 보내라고 말했는데

그렇게 가을이 되었고

지금 너는 그리고 남은 한 사람과 서 있었다

곧 올 사람을 기다리면서

너는 가을이 오다가 말았다고

그리고 남은 한 사람은 가을은 이미 사라져버렸다고
말하고 웃고

오지 않은 것들과 사라져버린 것들은 도처에 널려
있다고

하지만 그런 것들로 쓸 수 있었나

너는 쓸 수는 없었고

그런 건 말할 수 없는 가을이다

언제든 사라지고 없는 가을에 대한 가을이다

지나간 가을에 대한 미래의 가을이다

그렇게 가을에 대하여 미래의 너도 쓸 수는 없을 것
같고

다시 가을은 왔지

미래도 오고 있었고

미래의 가을에

나는 너와, 그리고 남은 한 사람을 어쩌면 바라볼 수
있었다

하지만 나는 너와, 그리고 남은 한 사람을 두 사람이
라고 생각하지는 못했지

나는 텅 빈 나를 두 사람이라고 생각했지

그리고 나는 어떻게 되었지?

오늘은 하루 종일 가만히 있었어. 왠지 움직일 수가 없었으므로 내내 누워 있었지. 몸을 뒤집어 겨우 엎드려볼 수는 있었는데, 그리고 나는 어떻게 되었지? 나는 어떻게? 갑자기 이런 물음이 떠올라서 이상했다. 내가 어떻게 되었는지 물어보는 나 자신이 의아해서. 나는 죽은 듯 멈춰 있었고 그러자 끝없이 내리듯 쏟아지는 정경들, 그 정경들 속에는 내가 있었나. 그리고 나는 어떻게 되었지? 이 질문을 나란히 품고 나는 엎드린 채 그렇게 흘러가는 것 같았고, 흘러서 세월이라는 말을 무심코 속으로 발음해보았고 그럼에도 전혀 낡은 말처럼 느껴지지 않아서 놀랐지. 밀려오는 것들은 끝내 밀려 나간다. 가정과 변곡 속에서 밀려오는 고요와 유원지와 밀려 나가는 부모와 자녀 들과 맨발과 또 다른 이미지들…… 조그만 어떤 생물 그리고 그 생물의 표정이라니, 그 조그만 것은 하수구 속 비좁은 통로로 들어갈 수는 있었고 그러므로 들어가버렸지. 하지만 되돌아 나가려 했는데 빠져나갈 수는 없어서 순간 고개를 갸우뚱했다. 영문을 몰라 하는 그 순간의 표정과 눈빛……

그 후 견뎌야 할 기나긴 어둠이 서서히 들이칠 때 이렇게 된 이유를 영영 짐작할 수 없을 때 현실감에 돌연 휩싸일 때 그 생물은 어떻게 되었나. 내가 그 장면 속에 있었나. 그리고 나는 어떻게 되었지? 나는 문득 우는 얼굴이 떠올랐어. 한 아이의 우는 얼굴, 할머니를 바라보는 그 얼굴은, 왜냐하면 할머니가 곧 울 것 같았으므로 눈물을 흘렸고 그런데 할머니는 울지 않았다. 아이를 보고 할머니는 순간 울음을 참았어. 아이는 머쓱해하다가 이미 울어버렸으므로 계속 울고, 할머니는 그런 아이를 달래고 그런 장면은 지속되었는데 아이는 어떻게 되었지? 할머니는 어떻게? 그 후가 떠오르지 않는다. 그 후가 떠오르지 않았지. 나는 어른의 표정에서 아이의 얼굴이 드러나거나, 아이한테서 어른의 얼굴이 돌연 비칠 때 과거와 미래가 나타날 때 그 모습을 유난히 좋아했던 것 같은데. 지금 또 나는 그 모습의 얼굴을 어쩔 수 없이 뒤따라가보게 되는 상상 속에 있었고 그런데 그 사람은 내가 가장 잘 아는 사람일 것 같아서 왠지 불안한 기색을 감출 수 없었고, 뒤쫓고 있는 나의 그 불안한 뒷모습을 떠올리자 아득해져서 현

실의 나로 돌아왔다. 가만히 엎드려 있는 나로, 움직일수 없었으므로 하루 종일 멎은 사람처럼 있는 나에게로. 그게 조금 이상하고 슬펐다. 내가 먼 과거 같아서, 네가 먼 미래 같아서. 찻잎이 흐르고 방수포가 흐르고 개폐구와 망루와 동상이 흐르고 그렇게 먼 과거와 먼 미래가 어디선가 내게 흐르는 것 같아서……

아지랑이가 올라오고 저 멀리 아지랑이 뒤로 숨을 때 나는 또 어떤 장면 속에서는 연을 날렸지. 말라가는 입술의 주름을 세면서. 공터에 손을 담그면서. 코스모스 주위를 맴도는 벌, 그 벌을 손가락으로 만져보려는 친구들에 둘러싸여서. 오디를 딴 후 오디에 물든 손을 건네면서. 한겨울에 연을 날렸고, 날리면서도 그 연이 어디로 갔는지 몰랐다. 어느 순간 사라졌는데 그렇게 된 바에야 멀리멀리 날아가버리라고, 연이니까 멀리멀리 갈수록 좋은 거라고 생각했는데. 그리고 나는 어떻게 되었나. 누군가 내 등 뒤를 가리키는 것 같다. 내 등 뒤에 무언가 달라붙어 있다고. 그게 좀 수상했어. 이윽고 모든 장면이 내 등 뒤에 있는 것 같아서. 모든 게 뒤로 엄습해오는 것 같아서. 다가오는 소년이 있어서, 아이와 할머니가 있어서. 나를 가리키며 울고 웃고 재미있어하고 시시해하는데 그게 내 뒷모습이라서. 그리고 나는 어떻게 되었지? 어느 순간 내가 나를 흘러가버린 이야기처럼 대할 때 마음이 이상했지. 곧 일어나야지 결심하는 나를 지켜보면서도.

물레로

물레는 손 같고 물레는 발 같다 물레를 돌리면
물레를 선로에 놓고 기다리면
열차를 타고 가는 누군가도 기다리게 되나
누군가처럼 떠돌게 되나
하지만 어디서
어디서 기다려야 할지 모르는 사람처럼
어디서 내려야 할지 모르는 사람처럼
누군가는 서성이고
물레는 돌아가지
주위를 지나가는 것들
가령
연기와
종소리와
개미와
철도원이
한꺼번에 지나칠 때
서로가 서로를 눈치채지 못할 때
그렇게 물레를 스쳐 갈 때
하지만 어디서

어디서 스쳐 가는지는 못 보고

그 후 선로에서 매미 소리가 쏟아질 때

쏟아지다 순간 그치면

난반사하는 빛과

초여름 풍경

그 순간은 어쩌면 영원 같았지

모든 풍경을 멈춘 채

영원처럼

열차는 그 순간을 스쳐 가고

물레는 손 같고 물레는 발 같다 물레를 돌리면

물레를 던지고

물레를 받으면

어제 본 풍경 같나

내일 볼 풍경 같나

하지만 어디서

하지만 어디서

여생

예순둘에 숨을 거두었다. 그러나 긴 여생을 살았습니다.

여생이라니. 여생. 나는 책을 읽다가 저 문장을 접한 후 새삼스러운 마음이 들었습니다. 여생이라는 말을 골똘히 들여다봤죠. 그 여생을 대체할 수 있는 것들을 최대한 찾으려 하면서. 그러다 책을 덮고 나는 내가 살고 있는 주위를 빙 돌아다녔어요. 어딘지 아득해져버린 내 주위를. 집을 나선 후 걸어 다니는 사람들을 바라보면서. 그 사람이 어리건 늙건 간에, 긴 여생이라니. 그 여생을 가늠해보면서. 긴 여생은 어쨌든 해버릴 수가 있었습니다. 긴 여생을 그렇게 해버려도 아무렇지 않았어요. 그 말은 책에서는 서술의 장치 같은 것이라고. 그렇게 이어질 듯이 갑자기 끝나는 것이라고. 끝. 여생은 이어지면서도 끝. 덮으면 끝. 잊으면 끝. 그런데도 긴 여생. 그 생 동안에 벌어질 것들. 온갖 환희와 만족과 불안과 상실과 체념……

하지만 짧다, 이렇게 말하는 누군가의 말이 떠올랐습니다. 그러니까 발화자는 엄마였나. 엄마라니. 나는 아주 머나먼 윗대로부터 대대로 유전되어온 무언가였는데, 내 엄마와는 오랫동안 함께 살아갔지. 함께 살아갔다. 그리고 어느 날 밤 엄마는 내게 어린 시절 얘기를 들려주었습니다. 다 커버린 내 앞에서 아이였던 엄마는 일을 했고 칭찬을 받았고 잘하고 싶었고 친구들과 어울렸고 무언가가 되고 싶어 했는데…… 한참을 말하다가는 순간 겸연쩍어하며 큰방으로 들어갔고…… 지금에 와서 떠올려보면 나는 조금은 슬픈 마음이 들었죠. 여생이라니.

그러나 숨을 거두게 될 거라고. 여생이 끝나면 거두는 것은 숨. 끝나는 것은 숨. 잊게 되는 건 숨. 그런 숨이라니. 나는 창밖으로 이 대도시의 활동을 바라보고 있었는데. 그럼에도 죽은 내 조상들, 장례와 생전과 멸종과 사후라는 말이 계속 떠올랐습니다. 또 다른 이미지들도 연상되었고 함께 살았던 동물들도요. 나는 그 동물들의 여생을 지켜볼 수는 있었습니다. 인간의 수명이 더 기니까. 나보다 빨리 늙어가는 동물에게 내가 밥을 주는군요. 그렇게 자라나는군요. 우리는 매일 헤어지고 또 만나는군요. 그리고 숨을 거두는군요. 나보

다 빨리…… 그 생을 지켜봤었죠. 꼭 그것이 아니더라
도 나보다 먼저 가버린 것들을 되새길 수도 있었죠. 무
언가 숨을 거두면 사라진 것들로 내 여생은 구성될 수
도 있나. 그렇게 무언가 숨을 거두면 나도 죽나. 그럼
에도 남는 건 여생. 어떤 긴 여생.

4부

집에서 시퀀스를 연습하세요

친구의 요가원은 이제 휴원이다

요가원의 휴원

시퀀스를 연습하세요 그러니까 그 동작을

외울 때까지 뒤에서 바라보겠습니다

원장님은 말하지

내일부터 집에서 연습하세요

매일 할 수 있다면 해야 해요

하지만 친구여

동작을 외울 수 있나

친구는 시도해보다가도

아니 아니, 고개를 가로저었지

이전에는 다른 수강생들을 보면서 겨우 따라 했는데

친구는 멋쩍어하면서 집으로 돌아갔습니다

시퀀스

시퀀스

요가원의 휴원을 낯설어하면서

이제는 집에 있는 걸 내내 연습해봐야 합니다

친구는 매일매일 집에서 동작을 하죠

가끔은 화상회의를 하고

집에 있다고 뻥을 치고
밖에 있다고 뻥을 치고
날씨가 좋다고 혹은 나쁘다고 뻥을 치고 하면서
그래요, 친구는 친구이고
나는 나예요
연습해야 합니다 나를
시퀀스
멀리 있는 친구의 시퀀스를 떠올려보면서
그 무엇이라도 떠올려보면서
나는 무슨 연습을 해볼 수 있을까
집이니까 그 무엇이라도 할 수 있죠
연습이란 걸 해보자 하면
선풍기를 연습해봐야지
생태 시를
제로 웨이스트를
도마를 연습해봐야지
우리의 환경에 대해서
시계를 연습해봐야지
시퀀스를

시퀀스

익숙해져야지

그래 인상 쓰지 말고

그게 중요합니다

어떤 동작이든 시퀀스

요가원의 원장님께 나는 편지를 보냈습니다

잘 지내나요

그리고 친구는요

시퀀스

혹시 나는 잘 지내나요

잘 모르겠습니다 하지만 시퀀스를 따라 해보세요

따라 해보면 잘 지낼 수 있을지도

시퀀스

시퀀스

다 끝나면 무엇을 따라 할 수 있나요

무엇을 따라 할 수 없나요

하지만 돌이켜보자

우리가 무엇을 잘못했는지

자연과 세계에 대해

무엇을 할 수 있는지
시퀀스
시퀀스

귀여움을 잘 아는 친구에게

너는 어리니까, 우리는 젊으니까 나이 든 사람처럼 말해도 좋았다. 귀여움을 잘 아는 친구에게. 우리는 대화를 나누었지. 어릴 적처럼 그러니까 형제자매와 함께 우유로 건배를 하며 어른 흉내를 내면서 외국 출장과 비즈니스와 동산에 대해 말하는 것처럼…… 그런 시절이 있었는데

우리는 그 시절보다는 더 나이 들어서 만나게 되었군. 만나서 또 이야기하는군. 그때보다 조금 더 나이든 사람이 되어서 앓는 소리를 하며 늙었다고 허풍을 떨면서도 비가 오려나 여기저기가 쑤신다고 한바탕 농담이 끝나면 문득 각자 집으로 돌아갈 때에도

너의 건강한 모습을 기억할게, 하고 말했지. 그렇게 서로가 우리의 모습에 대해.

시간이 흘러서 우리는 제법 기계를 닮아간다는 걸 눈치챘다. 이상하다. 시간이 지날수록 몸은 쓰면 쓸수록 닳아간다는 걸. 어느 순간 신체 활동 반경에 제약이

생긴다는 걸. 그게 어쩌면 귀엽기도 한 걸까. 끝의 끝까지 다 못 움직이니까. 이렇게? (몸을 최대한 당기고 뻗으며) 그래 이렇게, 하면서 웃었는데

언젠가 너의 아이 때 사진을 보면서 나는 그 이미지가 어딘지 훌륭하다고 속으로 감탄했었어. 그 아이는 계단에 앉아서 뾰루퉁한 표정으로 부채를 들고 있었지. 부채에는 광고에 나오는 연예인 어른의 얼굴이 프린트되어 있었고 그 어른은 웃고 있었고 아이는 부채를 든 채 심드렁한 표정으로 부채질을 하고 있었다. 손을 이렇게? 그래, 이렇게. 계속 움직이는 것 같았으면서도 사진 속에서는 멈춰 있었지. 내 건강했던 모습을 기억해주는 사람에게.

시간이 흐르면 훗날 그리움이 생길 거라고 말할 수도 있을까. 정말 나이가 들어버린 사람처럼. 무엇이 그리운 걸까, 곰곰이 떠올려보면 그것들은 있었으므로 그저 다, 그래 다, 하고 말하고 싶은. 아니 모른다고, 그저 모르겠다고 손사래 치고 싶은.

그러다 문득 귀여운 게 생각날지도 모르겠다. 어느 순간 그게 무엇인지는 너를 따라 나도 알 수 있었어. 어떤 것이 귀여운지, 어떤 귀여움들은 왜 내내 잊히지 않는지. 훗날 시간이 흐른다면, 귀여움을 잘 아는 친구에게.

우리가 건강했으면 좋겠어.
우리가 건강했다는 걸 기억하길.
멀리 떨어져 있어도 항상 건강하길.
귀여운 걸 발견하게 되면 아 귀여워, 하고 그러길.
그래, 아, 멀리 웃으면서.
무언가를 쳐다보면서.

이국 정서

이국 정서, 걷다가 나는 순간순간 무춤하면서도 왠지 이제는 뒤돌아봐야 한다고 느꼈고 그렇게 돌아보니 과연 좀 이상한 기분이 들었습니다. 멀쩡한 풍경 속에 있었는데도 이국 정서, 그것에 휩싸인 듯해서 다시 돌아봤죠. 무언가 훅 끼쳐왔으므로 어떤 냄새 속에서 순간 길 잃은 듯 아연해졌습니다. 하지만 갈 길이 있으므로 간다. 가고 있어. 도중에 할 일을 계속하면서도 약속된 장소에 도착하지. 시간이 흐르고 그러나 흐르는데도 내 친구들은 아무도 오지 않아서 나는 약속 장소에서 기다리다가 바닥만 바라보았다. 그러니 마침 차오르는 게 있었고 마침 지는 게 있었고 숨 막히는 게 있었고 이국 정서, 마침 그럴 리 없는데도 지나가는 그 누구든 가방을 들고 있었으므로, 그것을 감싼 채 어디론가 향하고 있어서 나 역시 나를 감싼 채 멀리 가볼 수 있지 않을까 하는 호기가 생겼고 이국 정서라니, 그것을 드문드문 호흡해보려 하면서 그러니까 뜻밖의 고백 같은 것이라고, 날씨 변화와 야상곡, 무미와 무취, 수목 경계선과 화장터 그 사이에 있는 것이라고, 어떤 공간을 떠올리면 내 신체가 그 공간과 맞닿아 있는 공

간처럼 느껴지기도 했고 이국 정서, 멀리 있는 인간에
게 안부를 보내기도 했지. 멀리 있지만 언젠가 볼 수
있지 않겠어요, 하지만 영영 볼 수 없을지도 모르고,
거기서 부디 잘 지내길, 그렇게 안녕과 행복을 기리는
것, 그런 둥근 마음을 주고받는 것, 멀리 있는 인간에
게, 그러자 누군가의 이국 정서 속에 내가 있는 듯도
해서 아득하니 쓸쓸한 기분이 들었다.

그러면 누군가는 그날 국경에 있었고 밤이었고 숙
소에서 밤이 얼른 지나가기를 바라며 기다리고 있었
고 그날은 유독 시간이 더디 흘러갔으므로 늦은 밤, 밖
으로 나와 가게 파라솔 아래에 앉아 있었고 그날 한밤
중인데도 어디에서든 잔영이 일고 소리가 나고 한밤
중,이라는 자각에 갑자기 무서워져서 얼른 숙소로 걸
어 올라간다. 방으로 들어가 침대에 누워 있으면서도
어떤 잔영과 어떤 소리, 난대림과 폭포수와 꽃잎, 타오
르는 잔영, 파탈하는 소리, 들끓는 잔영, 추월하는 소
리, 그렇게 무언가는 내내 마찰하며 움직이고 있구나,
생각하며 누군가는 슬며시 잠들었는데 그다음 날에도

이동해야 했다. 버스 안에서 언덕과 산을 휘돌아 올라가다 또 내려가고 점점 높은 곳으로 다다르고 창밖으로는 잔설과 풀잎의 희박함, 그 모습이 너무나 아름다워서 누군가는 버스에서 내려 땅을 밟고 싶었고 하지만 차마 내디딜 수는 없는 공간이라는 느낌이 엄습했다. 그 순간 밖에서는 어떤 인간이 다가와 버스를 타려고 했지. 동물을 안은 채 안으로 들어오는 그 인간은 좌석에 앉는다. 버스 안 다른 인간들은 그 모습을 지켜본다. 동물은 잠든 채 냄새만 풍기고 있었어. 누가 먼저랄 것도 없이 버스 안의 인간들은 소리 내 말을 하기 시작했고, 그것은 그 동물에 얽힌 전설과 예감과 후일에 대한 것이라고 누군가는 추측했고, 하지만 들리는 그 언어는 조음점이 다른 언어이므로 모르는 언어인데, 하며 의아해하던 찰나 동물은 일어났지. 품에서 벗어나 누군가에게 다가간다. 누군가의 눈을 마주치며 동물은 말을 하기 시작하고, 그건 무슨 말일까, 버스 안 인간들은 다들 놀라워하는데, 누군가는 그 동물을 똑바로 바라보고 한밤중, 버스는 그렇게 경계를 넘어 다른 도시로 향해 가고……

그런 누군가와 나는 이국 정서의 풍경 속에 있었다. 나는 내내 멈춰 있었는데 약속 장소에서 가방을 든 그 누구도 나를 뒤돌아보지 않았다. 순간 누구든 가방을 지닌 채 걷다가 한꺼번에 툭, 하고 다 떨어뜨려버렸으므로 나는 걸어가면서 이 가방들을 다 주워 주인들에게 건네야 하나, 이국 정서, 그들을 바라봤지. 내 친구들의 얼굴을 하고 있어서 놀랐는데…… 하지만 내 친구들은 여전히 오지 않고……

시산제

숲에서 노루가 뛰논다
불이 있다
늪이 있다
딸과 아들이 불과 늪으로 오가는데
노루가 뛰논다

흘러 딸과 아들은 숲을 헤맨다
헤매는 둘 사이를
노루가 뛰놀며 오가고 있다
오가고 있다

숲이 흐른다
숲이 찢어진다
숲이 헤매고 있다

노루가 뛰논다
뛰놀며 딸과 아들을 찾는다

사위는 것들 사위어가고

사위는 것들 사위어가고 그렇게 오다니 그렇게 가다니 문득 돌아보면 어디서든 사위어가다니 나는 멈춰서 사위어가는 것들을 망연히 바라보게 되고

그건 무엇일까

그건 왜일까

훗날 깨닫게 될지는 모르지만 이토록 나는 거리감에 휩싸이다니 이렇게 문득 내 몸이라니 내 하루와 이틀이라니 사위는 것들 사위어가고

서서히 자라난다

자라서 나는 언제

나는 어디서

사위는 것들 사위어가고 나는 내 시간이라니 내 공간이라니

하루

나는 소곤거리듯 말했고 하지만 모르는 목소리처럼
말한 것도 아닌데 저편에서는 모르는 목소리가 되어
있었고 전화를 끊고는 정말 그러한가, 내 목소리가 맞
긴 한지 목소리를 흉내 내보았다. 사무실 안에서 그러
면 내 목소리는 울려오나 울려 퍼지나 목소리는 목소
리대로 떠돌 수 있나, 그런 건 옛날이야기에서나 나오
는 일일 테지. 그러므로 아무런 일도 생기지 않았고 나
역시 떠돌 수는 없었지. 그사이 여러 번 전화를 받는
다. 전화를 하고 업무를 처리하고 차를 마시고 비가 오
려나 눈이 오려나 그럴 것 같으면 옥상으로 올라갔다
내려오고 순식간에 하루 일과가 지나가는데 하루가 빨
리 가는 게 좋은 건지 나쁜 건지 잘 모르겠어, 퇴근길
건물을 나설 때, 날이 다 어두워지면 묘한 기분이 들고
문득 우연, 하고 내뱉는 내 목소리를 듣고만 있었다.
그게 이상해서 우연이라고 계속 속으로 중얼거리고 그
러니까 우연한 슬픔과 우연한 기쁨과 우연한 결속이,
세상에나 우연의 일치군요, 이렇게 말하고 얼마간 머
물러 있다가 떠나가는 사람을, 우연한 갈등과 우연한
해소와 우연히 만나서 우연처럼 엇갈리고 지속되며 또

우연히 헤어지게 되는 미래의 연인들을 그러므로 누구라도 누군가의 연인이 될 수는 있겠어, 생각하며 집으로 돌아올 때, 결국 집에 우연히 도착했군, 속으로 헛헛한 마음을 지을 때 나는 다른 목소리들은 다 잊었지. 할 말이 없었으므로 집에서는 침묵한 채 난방을 하고 대파를 썰고 밥을 차려 먹고 이미지를 보고 글자를 읽는다. 내다 버릴 것들을 다 내다 버리려고 방들을 둘러봐도 어느 방에서든 역시 목소리는 없었고 그 후 할 일을 다 마쳤을 때 여기서의 내 일과도 다 끝이군, 나는 집을 나왔다. 어디로 갈까. 밖으로 나가면 어디로든 갈 수 있겠지. 꽃집을 들를까 춤추러 갈까 광장을 돌며 거닐어볼까 술 마시러 갈까 미용실로 갈까, 그런 하나 마나 한 리듬을 속으로 읊조리면서 어제와 마찬가지로 골목을 따라 들어갔다. 집으로 되돌아가야 하니까 너무 멀지 않은 곳에서 발길을 돌렸지. 동물을 발견하면 유심히 바라보기도 하면서, 소리가 들리면 들리는 소리를 따라가고 침묵이 흐르면 흐르는 침묵을 좇아가면서 에두르고 스미면서 휘파람을 불면서 어느새 나는 집 앞에 도착해 있었다. 참 희한하지. 창문을 바라보니 집에는 불이 켜져 있었고 커튼 자락은 흔들리는 것 같았고 그래서 누군가 지금 내 집에 살고 있군, 하고 생각했다. 그러므로 그 사람이 내일 아침 출근할 때까지 기다렸다가 집으로 들어가야겠다고.

휴일

식당에 들어갔습니다 점심을 먹은 후

식당을 떠났고 나는 수선집과 목공소로 들어갔다가
나왔어요

여전히 가방을 멘 채로 나오고 있었고 머물렀던 공
간이 이끼나 수은이나 안개라도 상관없었어요

나는 돌고 있었으므로

백사장과 수목원으로

검문소와 백화점으로

그곳을 지나쳤던 누군가가 내 가방을 가리키며 향낭
이라고 말하고 있었으므로

향낭이라니

나는 그를 바라보며 고개를 저었는데

어느새 그는 이리저리 퍼져나가는 것 같았고

그 대신 저녁이 왔습니다

저녁 식사를 하러 식당으로 들어갔는데 향낭과 함께
라면 어쩐지 더 혼자라는 느낌도 들었고

그렇게 나왔습니다

그렇게 또 들어갔어요

미래는 수영장

미래는 수영장
미래는 수영장이라며
몸을 풀어 헤치는 한 사람
물이 생기자 헤엄칠 수 있게 되는 두 사람
차례차례 다 수영장이 된다면
헤엄친다면
넓어진다면
세 사람이
수영장이 되어 다 풀어지고 있다면
미래는 수영장
그 사람마다 나였으면
네 사람이
다섯 사람이
만나는 사람마다 넓어지는 수영장이라면
드나들지
흩어진다
오랫동안 헤엄치다가
휘돌며 영위하다가
문득 위로 내민다면

동동 떠 있는 것들

무엇인가요

누구인가요

하지만 서로 인사해요

안녕?

안녕?

곱씹을수록 이상한 어휘라서

혼잣말처럼 발음해보고

안녕?

안녕?

동동 떠 있는 것들

서로 인사해요

미래는 수영장

미래는 수영장이라며

살아 있는

여름을 떠올릴 수는 있었지만……

여름이 오면 할 수 있었죠
무엇을 할 수 있나
정말로 무엇을 할 수 있었나 생각해보면
당신은 할 수 없었죠
그렇게 여름이 올 수 있다면
촛불은 부드럽군요
그것을 쥔 손도
손의 그림자도
그래서 누군가 손을 내밀면
당신은 그 손의 그림자가 되는 것 같군요
다 벗은 쓸쓸함만 돌아다니는 것 같군요
어디에 있지?
촛불은 어디서 돌아다니지?
그러다 당신은 몸을 응시하는군요
그러다 쓸쓸함은 사라지고
그 모든 것이 사라져서
여름은 없군요
여름도 없군요
할 수 없었죠

무엇을 떠올릴까 생각해보면

여름을 떠올릴 수는 있었지만⋯⋯

어느 주말에 이르러 침대와 의자

시간이 흐른다면
침대와 의자로 무엇을 할 수 있을까
그 형태와 사용법이 낯설고 어려워지는 때가 온다면
침대를 혼자 들어올린 채 있다면
그러니까 두 팔로 네 다리를
어느 주말에 이르러 의자 위에 마냥 서 있는 중이라면
미래라면
나는 그 무수한 침대와 의자 속에서 무기력한 몸짓
으로 보듬을 것이다
팔을 흐느적
어느 주말에 이르러 내가 움직일 수 없다면
의자와 침대가 나를 다독일 수도 있겠지
움직여보라면서
하지만 움직일 수 없다면 흐르는 시간 자체가 되어
볼 수도 있을 거라며

사물은 어려운 존재군요
시간이 흘러 나는 내게 메모를 남겨보았다 여기저기
흩어져 있는

사랑해
나는 몰랐어
사랑해

편지에 대해 편지 쓰는 사람을

지나가버린 편지. 이미 쓴 편지. 못 건넨 편지. 너는 훗날 수신인을 되살려내 그제야 편지를 건네려다가도 문득 망설이지. 편지의 내용과 달라져 있는 네 마음을 들여다보고 있었으니까. 어떻게 변화했는지. 이제 너는 그 마음에 대해서 또한 썼다. 편지에 대해 편지 쓰는 사람이 되어서. 편지의 편지를. 편지 쓴 순간부터 서서히 변화해온 것들에 대해서. 그렇게 두 편지를 나란히 놓고 바라보고 있지. 이제는 순서를 거꾸로 해서 읽어보고. 또 되풀이해서. 그 사이에서 어떤 감정이 생겨날까. 편지. 너는 물성과 상실에 대해서 생각해. 두 편지를 접어 패를 섞듯 섞었지. 너는 오래 눈 감은 채 두 편지를 바라보았다.

행인들

잘 지내나요, 행인들
어떻게 가나요
행인을 멈추며 행인이 되어보고자
나는 허밍을 합니다
허밍은 잘 달아나는군요
허밍은 시도 때도 없군요
행인들, 나는 신호등을 만집니다
그렇게 신호등을 건너고 인도를 걷다가 마주치는 모습은
누군가 동물에게 존댓말하는 장면
이제 그만 짖어요
집으로 돌아갈까요?
그 후 동물의 뼈를 쥐어보며 고대 유물을 바라보듯 하는 인간도 지나칩니다
나는 전조등 속으로 눈동자를 빠뜨리며
눈동자가 서서히 생겨나는 걸 지켜보는데……
행인들, 그러면 멀리 있는 흔적들이 이곳으로 오는 것도 같군요
어떻게 가나요

어디를

인간의 생애 주기를 따라가볼 수도 있겠죠

태어나고 맺고 꿈꾸고 낳고 기억하고 돌보고……

윗대의 가정이 상실되어도 아랫대의 가성은 이어지
므로 슬픔은 기어코라도 지나갈 것임을

그런 건 어떤 느낌인가요, 행인들

후대를 생각한다는 것은

걱정한다는 것은

건강하기를 바라요

나는 산책에서 돌아온 내 늙어가는 개를 바라볼 겁
니다

태어난 조카를 경계하며 짖다가도 어느 순간 조카의
얼굴에 대고 코를 쿵쿵거리는 개를

그리고

멈춰 있는 시계만 보면 희한하게도 계속 웃던, 자라
서 이제는 움직이는 것들에만 반응하는 조카를

표정이 생겨나나요

알 수가 있나요, 행인들

여러 언어를, 하지만 모국어처럼은 아니게 구사하는

인간들은 사투리를 끝도 없이 불려가는 것 같군요
　어떻게든 알아들을 수는 있었죠
　행인들, 언어가 통하지 않는 인간의 생각을 훔쳐볼
수도 있었습니다
　훔쳐서 그대로 행동해볼 수도
　춤추기 위해 만든 노래처럼
　노래가 되어 춤을 춰보았습니다
　하지만 누구든 지나치는군요, 행인들
　행인을 멈추며 행인이 되어보고자
　나는 누군가를 서성여보았죠

계절 풍경

여름 – 7.3. – 비 – 가을 – 9.10. – 얼굴을 보여주지 않고 –
11.1. – 능동 – 겨울 – 귀가 장면 – 3.7. – 주말 – 봄

여름

여름 풍경을 진행할 수 있을까. 사물을 서서히 드러
내면서, 홀연 동작하는 뒷모습으로 흐르게 하면서 여
름 풍경을 시작해볼 수 있나. 시작한다고 마음먹으면
여름 풍경은 시작할 수 있을 것 같아, 나는 그 풍경 속
에 놓일 수도 있었고 이를테면 기나긴 연극이 시작되
는 풍경, 연극은 두 시간가량 지속되고 그 후 연극의
막간이 두 시간보다 더 길게 이어질 때 무엇이 무엇이
고 어디가 어디까지인지 가늠할 수 없을 때 그럼에도
다시 시작되는 연극, 이어나가면서도 도통 어떻게 진
행해야 할지 모른 채 배우와 관객이 어안이 벙벙한 상
태로 있다면 그걸 여름이라고 부를까. 여름 연극이라

고 여름 풍경이라고 여름 혼동이라고 그렇게 여름은 시작될 수도 있을 것 같고, 무표정과 희로애락의 밤낮과 어처구니없음과 하염없음을 넘어가면, 이 시기가 또 지나면 나는 어디에 있을까, 어디로 가야 할까. 정처 없군요. 여름 장면 속에서 또 어떤 장면으로 건너갈까. 짐작할 수 없군요. 하지만 세차게 내리는 비가 잠깐 장면을 끊는다면, 시간이 흘러 비가 다시 그친다면 여느 때처럼 나는 밖으로 나가고 있었지. 그날은 친구와 함께 어디로든 가고 있었으므로 우리라고 부를 수도 있었지. 건널목을 건너려는데 뻥튀기 과자를 파는 아저씨가 갑자기 뻥이요, 하고 크게 소리쳤다. 그러니까 알리려고. 우리는 깜짝 놀랐어. 바로 몇 초 후에 뻥, 하고 기계에서는 정말 놀랍도록 미미한 소리가 나와서, 바람이 시시하게 새는 듯한 소리처럼 들려서 우리는 웃었어. 그게 웃기다면서 지금까지 들어본 가장 작은 뻥, 소리라고 신나하며 건널목을 건너자 인도에서 한 아주머니가 생선을 팔고 있었지. 주위에 다른 사람들은 거의 없었는데, 우리가 지나가자 아주머니는 큰 소리로 호객하듯이 정말 또박또박 이렇게 말했는데.

바다에서 갓 올라온 생선이에요, 방금 잡아 온 생선입니다. 우리는 그 생선을 바라봤지. 정말인가. 정말 그런가. 무슨 세상인가, 놀라면서. 왜냐하면 그 생선은 너무나 메말라 있었으니까. 염장이 되어 있었으니까. 여기는 바다와 아주 머니까. 그 모습이 웃겼어. 그 광경을 지나치면서는 계속 웃고 웃음을 참기 힘들어서 멀찍이 달아나려 했고, 그건 지난여름의 일인가……여름은 술래 같네. 여름은 나를 못 찾는 것 같은데, 어딘가에 술래를 잡는 술래도 있을 거라는 생각도 들었는데, 사실보다 사실처럼 보이는 게 좋다. 사실은 아무래도 모르겠지만 사실처럼 보이는 것은 왠지 알 수도 있을 것 같았으므로 그럴듯했고, 여름 산책을 하면서 소나기를 떠올리면 그 즉시 여름 소나기는 생겨나는 것 같았지. 하지만 우리 위로만 뿌려지는 것 같아서 올려다보면 여름 먹구름은 고정된 듯 있었다. 장치가 보이는 순간 우리는 장치만 바라본다. 그러므로 여러 갈래로 뛰쳐나갔지. 우리는 정말 여러 갈래로 뛰쳐나갈 수 있었어. 멀리멀리 충분히 여러 갈래로 뛰쳐나간 후에도 우리는 간혹 위를 올려다보기도 하고 시간이 흘러 몰래몰래 만나기도 하고 그렇게 다시 여름이 된다면 우리가 함께 여름을 마주할 수 있을까, 서로 궁금해하기도 했지. 우리가 여름 고가도로 아래를 걸어가고 있다면 무엇을 지나칠 수 있을까. 무엇을 올려다볼 수 있을까. 돌아온 여름에는 고가도로 위에서 시간을 고심하는 사람도 있을 테지. 그러니까 여름에는 시간을 어떻게 담을 것인지, 어떻게 드러낼 것인지, 고민하는 사람. 여름 시간을 어떻게 해볼 것인가, 궁리하는 사람. 골똘한 표정으로 고가도로 위를 계속해서 걸어가는 사람. 그 사람은 문득 우리를 내려다보았어. 우리는 그 사람의 시간을 눈치챘다. 무춤 헤아려보았다. 웃음이 나왔어. 무엇이 웃기지? 무엇이 웃기나. 그래도 웃으면서 우리는 끝이 났다는 생각을 하게 되었다. 끝난 후에는 끝이 없다는 생각을 하게 되었다. 그 사람은 여름 시간을 찾아서 떠나고, 정말 떠나버리고. 계절 속에서 여름만 그렇게 사라지고, 정말 사라져버리고……

7. 3.

비

비가 올 때 너는 밖으로 나갔다 들어오는 걸 좋아하는 것 같다. 우산을 쓰더라도 밖에서는 네 부위 어디든 비에 젖어 눅눅해지기 마련인데, 그런 후 집 안으로 돌아와 있으면 아늑하다는 기분이 더하다. 하루 종일 안에 있을 때보다. 이 비가 너를 해할 리 만무하지만 어쨌든 비 오는 밖에서 너는 비의 영향 아래 걷고, 걸어서 산책을 끝마친 후 집으로 돌아오면 이 집이 네가 여기 살았던 순간부터 내내 너를 보호하고 있었다는, 그러니까 살아가면서는 내내 잊고 있었던 집의 최초 용도와 목적이 네 감각으로 되살아나는 것 같다. 집은 네 이불 같고 너는 이제 그 이불 속에서, 저 멀리 밖에서 내리는 비를 관찰하는 것이다. 어두운 거실에서 일부러 불 켜지 않은 채 젖은 양말을 벗고 발을 씻은 후 소파에 앉아서 비를 바라보는 것이다. 밖에 나갔다 안으로 들어와서 다시 맞이하는 그 비는 이제 또 생경하고 그러다 보면 비는 그쳐 있고 너는 여기서 정물에 지나지 않는 것 같다. 비는 곧 다시 내린다. 너를 보살피듯이. 네 주위에서. 그러면 감각은 아무렇게나 멀어지고 있다.

가을

어느새 가을이라니, 내가 앉는 곳마다 풍경은 달라

져 있었다. 어느 날에는 내 앞에서 되살아나는 것들 가운데 꼬박 서성이고 있었다. 그렇게 가을이었고 어느 시간 동안은 사무실에 앉아 있었지. 자리에서 일어나 밖으로 나가기도 하고. 다시 의자에 앉는데 어느새 꽤 오래 앉아 있었다는 자각 때문에 곧 일어나 나가야 할 거라는 충동이 일고. 이제는 정말로 밖으로 나갔다가 다시 의자에 앉는다. 이런 반복. 이런 일과. 아. 이런 중얼거림. 이런 하품. 이런 배회. 어느 평온한 날에는 미래를 생각하지 않았지. 무탈한 삶에 대하여, 지금 삶이 그러할지도 모른다는 안도감이 들어서 마음은 가라앉는데 이윽고 그런 생각을 하는 내 모습이 너무나 낯설다는 기분도 들었지. 하지만 그런 기분을 견딜 수는 있다. 견딜 수 있었지. 그런 가을이라니, 가을이므로 어느 날에는 새 의자를 들였다. 새로 온 의자에 앉아서 생활을 하네. 하지만 이 계절이 다 지나가기 전, 그 의자가 이전 것보다 못하다는 감각이 들었으므로 과거의 의자를 도로 책상 앞에 놓고 앉아 있었다. 새로 온 의자는 내 옆 창문에, 창밖을 향하여 놓고. 그러니까 창문 의자는 거기 내내 앉아 있었다. 나는 내 책상 의자에 앉아 있다가도 지겨워지면 창문 의자로 가 앉았고. 창문에는 블라인드가 드리워져 있고 하지만 맨 아래 끝까지는 내려가지 않아서 나는 그 틈으로 바깥을 볼 수도 있었다. 바깥에는 반쯤 가려진 가로수. 반쯤 가려진 행인과 건물. 그 사이 다시 가로수. 그중 한 그루는 잎이 점점 떨어져갔고 색은 노래져갔는데, 나는 일을 하다가도 문득 그것을 떠올릴 때마다 이상한 기분이 들었다. 창문 의자에 앉으러 가고. 앉으면 그렇게 시간이 흐르고. 아차, 다시 일하러 책상 의자로 가 앉고. 또 어느 순간에는 창문 의자에 앉아 있는 나를 발견하게 되고. 나는 창문 의자와 충분히 친해졌으므로 함께 밖으로 나갈 수도 있었다. 그럴 때 사무실 사람들은 내게 어디 가는지 묻지는 않지만 의자를 들고 나가는 내 모습이 좀 민망했으므로, 나는 이것을 버리러 나갑니다, 하고 작게 속삭였다. 나는 내 창문 의자와 함께 나갑니다, 하고. 들릴 수도 있겠지, 들리지 않을 수도. 사무실 밖으로 나간 후 건널목을 건너자 나는 창문 의자와 함께 나도 버리러 가나, 하는 느낌이 잠깐 들기도 했다. 늦은 오후가 되어가고 있었다. 버리는 일은 공들여 해야 하므로 자리를 좀 오래 비워도 괜찮겠지. 그러니까 내가 밖에서 창문 의자와 함께 조금 오랫동안 시간을 보내더라도. 그렇게 나아가고 그러자 내 창문 의자가 점점 무겁게 느껴지기 시작하고. 어디로 가야 할까 어떻게 버릴 수 있을까, 고민하는데 문득 든 질문은, 무엇을 버려야 하나 여기는 어디인가. 나는 이 도시의 이방인이 된 듯한 느낌이 들었습니다. 하지만 무엇이든 버려야 해요, 무엇이라도. 나는 순간 멈춰 설 수밖에 없었지. 무언가가 계속 앉으려 했으니까. 내 창문 의자 위에. 거리의 한복판에서 나는 그것 위에 앉으려 하는 것들을 가만히 바라보기만 했다. 창문 의자에 앉으려 하는 것들.

참새.
왜 의자에 앉으려고 하니?
귀여워서.
정말이니?
아니.
새초롬하게 참새는 날아가고.

낙엽.

내려앉는다.

묵묵부답.

낙엽은 그냥 내버려두었고.

짐을 들고 가는 사람.

내게 잠시 의자에 짐을 내려놓아도 되느냐고 묻고.

그러세요.

그 사람은 잠깐 쉬었다가 이윽고 창문 의자를 드는

사람이 된다.

하지만 왜 의자도 들고 가나요.

짐이 무거워서요.

깜짝 놀라서 나는 창문 의자를 힘껏 붙들고.

무언가의 그림자.

손등으로 건드려본다.

죽었는지 살았는지.

의자를 들고 가는 사람.

지나가다가 창문 의자 위에 의자를 포개어 얹는다. 내게 묻지도 않고.

하지만 떠나가버리지.

포개어 있는 두 의자.

나는 의자를 두고 떠나는 사람을 쫓는다.

왜 이러는 건가요.

왜 의자를 들고 다녔나요.

이제는 왜 놓고 가나요.

나는 계속 묻고 있었다.

이제 어디로 떠나가나요.

잠깐 쉬었다 갑시다. 저기 저 의자들에 앉아서.

묵묵부답.

나는 떠나는 사람을 따라가며 이전의 두 의자와는 멀어지고……

의자 위 의자.

그 위에 또 앉으려 하는 것들.
무수히 떨어지는 것들.
그게 무엇일지 이제는 알 수가 없었지.

9. 10.

얼굴을 보여주지 않고

어떤 얼굴은 없었다. 어떤 장면이 있었는데. 얼굴을
보여줄 수는 없습니다, 하고 그가 말했다. 얼굴을 보여
줄 수는 없어요, 얼굴은. 영화를 보고 있었지. 그중 어
떤 장면 속에서 A는 폭행당하는 연기를 하는 배우. 과
거에 실제로 벌어진 일들에 대해서. 영화에서 배우 A
는 갖은 방법으로 무차별 폭행을 당한다. 하지만 얼굴
을 보여주지는 않지. 배우에게 연기하라고 요청할 수
는 없으므로. 더 잘하라고 할 수는 없어요. 그 일들처
럼은. 연기가 아닌 것처럼 연기하라고는. 재현이라는
걸 일부러 드러내야 할 테죠, 그가 말했다. 그 장면에
서는 배우 A의 몸만 드러난다. 상처 입은 몸. 그렇게 남
겨진 몸 자체. 몸은 감정이 아니고 표정이 아니고 의도
가 아니고 몸은 몸. 그것은 그것. 그러므로 얼굴을 보
여주지 않는 것. 어떤 얼굴은 없었고.

11. 1.

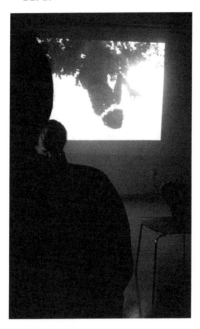

능동

움직였나. 해파리가 움직이며 흐르듯이. 그런 그리움이 있었나. 산호초로 향하듯이. 눈보라로, 반향실로

향하듯이. 누가 있었나. 처음 보는 생물의 뒤척임이 있
었나. 저 멀리 서서히 마주하게 된다면. 저 멀리 뒤척
임을 다독여줄 수도 있겠지. 그리움이 있었나. 뒤척임
의 눈빛이 있었나. 가냥을 듯 움직였지. 오래도록 움직
일 수 있는 움직임을.

겨울

　그 겨울의 끝에서 피고 지는 것. 지고 피는 것. 그
해 겨울은 눈이 잘 내리지 않았으므로, 시간이 흐르면
흐를수록, 눈은 점점 더 내리지 않기로 했나 정말 그
런가, 그럴지도 모른다는 두려움에 휩싸였으므로, 사
실 눈인가 모든 게 눈인가, 하고 나는 걷다가 멈춰 섰
다. 그 겨울에는 모든 게 눈이야. 모든 게 눈이다. 그리
고 어디선가 아 눈이 내린다, 하고 말하는 사람들. 입
을 벌리면서 아 눈이 내린다고 다른 사람들을 불러 모
으고 건너편에서 지나가는 이들에게 손을 흔드는 사
람들. 모르는 사람에게 손을 흔들고 있구나. 눈이 내리
면. 그 사람을 모른다는 사실도 이후에나 알아차리는

구나. 눈이 내리면. 눈이 내리지. 하지만 그해에는 눈이 좀처럼 내리지 않았다. 그렇다면 설산으로 가야 할 것. 설피를 신고 올라가야 할 것. 높은 곳에는 눈이 쌓여 있을 테니까. 그곳이 과거라도 혹은 미래라도 가봐야 하지. 고지대로 진입해야 하지. 그곳에는 마을이 있고 마을에는 눈이 계속 내리고 쌓이는 눈으로 고립된 사람들이 있고 그 사람들한테 들을 수 있는 전언들이 있다. 멀리멀리 갈 수 있어요. 눈이 내리면 새로운 나라가 세워진다는 말은 어디에서든 들을 수 있었는데, 그러니까 눈이 내리면 그때마다 정말 새로운 나라가 만들어지니까, 멀리멀리 갈 수 있다고. 그 겨울의 끝에서 피고 지는 것. 지고 피는 것. 나는 설산에 있었지. 겨울의 방에 모여 앉아서 두런두런 이야기하는 사람들의 얼굴과 문 밖에서 쏟아져 내리는 눈을 번갈아 바라보았다. 사방은 눈으로 뒤덮여 있는데, 목소리를 계속해서 듣고 있었지. 그 겨울에는 많이 잡혔어요, 많이 잡혔습니다. 저 옛날만큼은 아니지만 그래도 많이 잡혔어요. 옆 사람이 말했고 나는 그 말이 이상하게 느껴졌다. 무엇이? 누가? 그게 나인지 너인지 모르니까. 잡힌

게 무엇인지. 단지 많이 잡혔다고만 말하는 사람의 얼굴을 쳐다보면서 나는 이 밤만 지나면 설산에서 내려와야겠다는 마음이 일었다. 다시 들리는 대화 소리. 많이 낳았어요, 그해에는 이상하게도 많이 낳았습니다. 하지만 무엇을요? 무엇이 무엇을 무엇에게요. 어떻게. 그게 이상했지. 되물어도 단지 그 말만, 잡혔어요, 낳았어요, 하는 술어만 되풀이할 뿐이었으므로 나는 이 밤을 못 참고 한시라도 빨리 설산을 떠나 겨울 바다로 가고 싶다는 마음뿐이었다. 겨울 바다. 겨울 바다에 내리는 눈. 그 눈을 바라보고 싶었나. 겨울 바다로 가면 어쨌든 눈 내리는 풍경을 마주할 수도 있겠지. 겨울 바다의 눈. 아스라한, 내리며 사라지는 모습 자체로 굳어진 형태. 끊임없이 움직이는 눈의 겨울 바다가 언뜻 어느 순간에는 또렷한, 흩어지지 않는 어떤 형태처럼 느껴졌다. 내가 내 몸을 온전히 깨닫지도 돌보지도 못할 때의 기억을 찾는 더듬거림처럼 느껴졌고, 겨울 바다 속으로 뛰어드는 이상한 생물들도 떠올랐다. 이내 그 생물은 내가 아니지, 고개를 저으며 다른 겨울 장면들도 떠올렸지. 어느 겨울, 지하철을 타려 지하에 들어서고 개찰구로 향하며 상점을 지나칠 때 마네킹은 쿵, 떨어졌는데, 나는 그게 무엇인지는 뒤늦게 알아챘다. 단지 무언가 쿵. 부딪침. 울림. 아래로 쿵. 떨어진 무언가가 있었고 바닥으로 떨어져 엎드려 있는 그것은 사람의 형태였으므로, 정적. 모든 사람이 얼어 있었다. 순간 아무도 그것에 다가가려 엄두도 못 내고 단지 바라보기만 했다. 죽은 사람처럼 누워 있는 마네킹을 보며 다들 심장이 철렁했으니까. 쓰러진 건 사람이라고 순간 착각했으니까. 다들 그 분위기 속에서 멈춰 있었고, 나는 가슴이 내려앉았다. 곧 상점 직원이 나와 그것을 일으킨다. 그 모습을 보고 몇몇은 놀란 가슴을 쓸어내리며 웃기도 했지. 마네킹이었어. 그래, 마네킹. 그건 내가 아니지. 그건 너도 아니야. 나도 다시 갈 길을 간다. 하지만 집으로 가는 내내 그 분위기가 가시질 않았지. 밖에서는 그 시간에 눈이 내리고 있었을지도 모르지. 겨울이었으니까. 잠깐 눈이 내렸다가 그쳤을지도. 내가 멀리 가려고 지하에서 이동하고 있는 그사이에. 겨울의 끝에서 피고 지는 것. 지고 피는 것. 그해 겨울은 추웠나. 아 춥다, 아 춥다고 연신 소리 내며 발걸음을 재촉한 기억은 나는데, 정말 추웠나. 쌓이는 눈에 대해서는 어떤 상념도 품지 않았는데. 그해에는 눈이 내려도 쌓이지 않고 다 녹아버렸나. 녹아버려서, 나는 무언가에 닿지 않고도 녹아버리는구나, 닿지 않고도 공기 중으로 스미듯 흩어지듯 사라지는구나, 하는 기분도 들었는데. 나는 그 겨울 그 눈들에 닿고 싶었나. 하지만 이미 사라졌지. 닿을 수 있는 건 무엇인가. 사라졌지만 닿을 수 있는 건 무엇일까. 작별 인사. 작별 인사가 어울린다. 이 겨울에 어울리는 작별 인사는 무엇일까. 나는 어디선가 들었던 그 말이 떠올랐다. 잘 가 다음에 또 만나,가 아니라, 줄 건 없으니 다 기억하고 있을게요,라는 그 말. 줄 건 없으니 다 기억하고 있을게요. 헤어지면서. 그 말은 어디서 들었을까. 어디서 지나쳤을까. 나는 다만 기억하고 있다. 기억을 잘 못하는데도.

그리고 어디선가 들릴 것 같은 목소리.

눈이 내리면 멀리서 다독여주는 목소리.

그 마음 내 아오.

그 마음 내 아오.

그러니까 어디선가 눈이 내리면.

귀가 장면

집으로 돌아갑니다. 발걸음을 재촉하면서, 저물녘이 되어 그는 귀가하고 있습니다. 하지만 귀가, 귀가하면서도 정말 그것을 하고 있는 건지, 그는 순간 낯설게 느껴졌다. 집으로 돌아가는 것이 그러니까 귀가하는 것이 그 귀가가 맞긴 한 건지. 일이나 약속을 파하고 쉴 수 있는 곳으로 누워 있을 수 있는 곳으로 자연스레 되돌아가는 것이, 그것이 귀가 행동인가. 어떻게 귀가에 실패하거나 성공할 수 있는지, 바람직하고 그저 마땅한 귀가의 순리라는 게 있는지, 그는 문득 아득하다는 기분이 들었고 그러므로 숱한 귀가 장면을 떠올려보았지. 그러면서 그는 돌아가고 있었습니다. 버스 창밖으로는 진눈깨비가 내릴 것 같았고 그 진눈깨비로 머리카락이 하얗게 뒤덮여버리길 바라는 다른 사람이 있었는데, 그 사람은 차창을 밀어보려 했고 차창은 밀리지 않았고, 아니 애초에 차창은 밀 수 없도록 설계되어 있었고, 그 사람은 문득 옆에 앉은 사람을 바라보면서도 밀면 밀리는 사람인가, 아니 밀리지 않는 사람인가, 의문에 휩싸였는데 그래서 버스에서 도망치듯 내렸는데…… 하지만 그 사람이 그는 아니었지. 그 자신은 아니었어. 그러므로 그는 자연스레 귀가하는 사람이 되어 집으로 돌아가야 합니다. 그는 구불구불 좌우로 위아래로 이동하다가도 어느새 조망하는 위치로 들어섰다. 거기서 귀가하는 다른 사람들의 풍경을 내다볼 수도 있었지. 멀리서 가로등 불빛, 그 불빛이 되어 바라본다면, 불빛 아래로 주공 아파트 단지로 들어가는 사람들이 있었고 바람은 살랑살랑 불어, 집으로 돌아가기에는 이 밤이 아니라 낮이어도 좋았을 텐데, 하는 기분이 들고, 사람들은 단지 안, 소로와 덤불 사이로 지나가고 그러면 놀이터가 있었고 엄마 주위를 맴돌다 어스름을 두 팔 가득 안은 채 걸어가는 아이도 있었다. 그것은 어느 다큐멘터리에서 보던 장면 같았나. 그는 눈물이 날 것 같았지. 그 장면은 단란한 가정에 대한 클리셰처럼 보였는데, 영상은 곧 끝나가니까 저물녘의 모습이라는, 그래서 곧 엔딩 크레딧이 나오리라 암시하는 장면인 것 같았는데, 너무나 적확히 들어맞는 곳에, 그 어떤 관객도 예상할 수 있는 뻔한 자리에 놓여 있었는데도 보자마자 그는 눈물이 날 것 같았다. 시야가 번졌고 그는 귀가하는 정경들 속에 있었고 번지는 불빛이 되어 있었고 귀가 장면을 더 마주하고 싶다는, 증식하고 싶다는 기분이 일었지. 장면을 떠올려볼 수 있다면 귀가를 실현할 수 있을지도 모른다고, 아니라면 영영 끝내버리거나. 그렇다면 그가 그 자신을 마중 나가는 듯하다고. 어느 순간엔 장면과 상념으로부터 멀리 달아나 귀가 따위는 생각하지 않고 편히 잠들 수도 있겠지. 귀가하는 뒷모습을 떠올린다면. 그러므로 그는 저물녘 귀가 뒷모습을 구성하려 하고……

．
．
．
．
．

목덜미에 내리는 흰 눈의 뒷모습
반려동물을 안고 처음 집으로 데려가는 이의 뒷모습
연못에서 울리는 종소리의 뒷모습
처음 방문한 소읍에 도착해 물어물어 발길을 내딛는 이의 뒷모습
어떤 편지의 뒷모습
그물을 얼굴에 쓰고 걷는 이의 뒷모습

신발 끈을 묶은 후 시작, 하고 달려나가는 소녀와 소년의 뒷모습

강강수월래의 뒷모습

한낮에 꺼이꺼이 우는 이의 뒷모습

어린 물범, 낮잠, 하암, 아카시아의 뒷모습

하루 종일 조향하는 이의 몸에 밴 향기의 뒷모습

순간 장애물이 너머에서 어른거릴 때 무단 횡단을 하려다가 망설이는 이의 뒷모습

영글어가는 열매의 뒷모습

한 공동체의 구성원으로서 뿌듯함과 안온함을 안고 가는 이의 뒷모습

.
.
.
.
.

떠올려보자 끝없이 들이치는 귀가 장면이었어. 뒷모습은 사방에서 생겨나고 있었고 그 귀가 장면들은 그를 향해서 되돌아가고 있는 듯했는데…… 그는 어디로 향해야 하나, 잠시 멈춰 있었지. 어디로 향해야 할지. 하지만 어디로 가나, 그 귀가 장면들이야말로……

3. 7.

주말

너는 주말 거실에 앉아 있다

눈 감으면 흘러드는 것들

흘러드는 것들

눈 뜨면 잊혀지는 것들

잊혀지는 것들

과수원의 환송

먼 구름 아래 활화산

야유회에서 돌아온 후 언뜻 든 오후 잠

마당의 기척

너는 주말 거실에 앉아 있다

네 주위로 오후의 빛이 앉아 있다

난짓난짓

아레카야자

낮꽃

운동장

네 주위가 다 거실에 앉아 있다

하천 연구

일몰

주말은 흐르지

흘러서 주말에 가닿지

그래도 흐름에 대한 건 아니야

물질에 대한 것도 아니야

주말 풍경
아이가 잠에서 깨어난다
아이가 웃는다
동물을 바라본다

봄

봄이 오고 있다. 봄이 오고 있었다. 봄이, 어떤 열
기 같은 것이, 아지랑이, 저 멀리서 함성 소리가 울리
는 듯한, 이 창문 너머 지글거리는 듯한 아물거리는 듯
한 이지러지는 듯한 맴도는 듯한 느낌이 계속해서 일
렁이고, 그런 봄이라니, 그런 빛이라니, 눈 감기, 봄을
향하면서 눈 감고 걷기, 하늘을 바라보고 있으면 이
내 봄이 되어 있었고, 낮과 밤도 봄이 되어 있었고, 새
벽녘과 해질녘도 봄이 되어 있었다. 며칠간 날씨가 나
를 속이는 것 같구나. 아니라면 날씨가 내게 속고 있
는 것 같다. 아무렴. 봄이 오고 있었지. 아무렴. 아무렴
이라는 말 좋지. 아무렴 그러하지. 피크닉을 하고 싶군
요. 피크닉을 하고 싶어서 피크닉을 하고 싶다. 하고

싶다는 마음이 계속 유지되는, 끝나지 않는 피크닉이
라니. 하고 싶어 하고 싶다는 피크닉의 공간에 나를 내
놓고 싶다. 그런 기분이 들었어. 무념무상한 상태로 돗
자리 위에 나를 말려놓고 싶네. 말려놓으면 내가 나한
테 참 좋을 것 같다는, 자연, 그런 기분 자체가 되어버
리는구나. 아지랑이 같은 곳이라면 어디든 상관없을
것 같았고 이윽고 사람들이 붐비는 곳에 멈춰 섰는데,
그곳은 동물원인 것 같다. 동물원의 인파는 동물보다
훨씬 많았지. 지글지글거린다. 거닐면서 인간과 동물
을 바라볼 때 드는 내 양가감정은 어쩔 수 없고, 동
물들은 움직이는 인간들을 보지 않고 그러니까 몽구
스와 게아재비와 은계와 꼬마하마와…… 무플론과 토
코투칸과 남생이와 왈라루는. 왜냐하면 너무 많은 움
직임 때문인가. 너무 많은 우글거림 때문인가. 그중 원
숭이를 지나쳐 갔지. 원숭이가 똥을 누는 장면을. 그것
은 어딘가에 홀려 있듯 하다가 아차, 엉덩방아를 찧었
다, 똥 위로. 그러자 그 원숭이는 똥을 손으로 털어내
는데, 정말 인간이 지지, 지지 하듯이 눈을 흘기며 털
어냈는데 나는 그 모습을 지나쳤을 때 이상한 기분이

들었고, 똥…… 그 순간들 속에서도 봄은 오고 있었지. 봄에는 조금씩이라도 하루 일과를 적어나갈 것이다. 무엇을 했는지 누구를 만났는지 무엇을 먹었는지 하루하루를 기록하면서 가을 즈음에는 회상해볼 것이라고 다짐했고, 봄볕, 건들바람이 들고 날 때, 꽃나무의 그림자가 흔들릴 때, 오후 2시, 나는 천변을 거닐고 있었다. 걷다가 잠시 앉을 곳을 찾고 있었고 곧 벤치를 발견했지. 거기에는 안경이 놓여 있었다. 주인 없는 안경만이 덩그러니. 그게 희한하고 독특한 장면 같아서, 주인은 어디에 있나, 두리번거리다가도 사진을 찍어두었는데, 앉은 후 시간은 흐르고 누군가 다가와서 안경을 회수하고 자연스레 얼굴에 걸치고 떠나는구나. 안경의 주인이구나. 땀으로 젖은 사람이, 좀 전에 조깅을 하려는데 땀에 흘러내릴까 봐 안경을 두고 떠난 사람이 이제는 돌아와 도로 안경을 쓴 채 서서히 걸어나갈 때, 나는 그 뒷모습을 떠나보내며 안경이 있던 자리를 손으로 쓸어보았다. 그 자리로 옮겨 앉아서 풍경을 바라보고 있었고, 안경처럼 고즈넉하게 한곳만을 응시하다가도, 봄이니까 뛰어갈까 뛰어갈 수 있을까 끝까지 마냥 그렇게 갈 수 있을까 봄볕이 있으니까 그렇게 조깅할까, 충동이 일었지. 그리고 뛴다. 나는 뛰고 있었어. 뛰면서 아지랑이, 상춘곡과 물비늘, 하늘 높이 쳐다보다가 멀리 아주 멀리에 시선을 두고 뛰고 이제는 건너편 천변을 바라보게 되었다. 큰언니와 어린아이가 함께 걸어가는 장면을. 큰언니의 친구들도 함께했지. 그렇게 언니들에 둘러싸인 채 아이는 사방을 올려다보고 조잘거리고 조잘거림을 듣고, 그럴 때 어떤 기분일까 어떤 충만함일까, 나는 그게 마냥 이어지기를 바랐는데, 그 장면은 떠나가고 어느샌가 나는 벤치에 앉아 있었다. 내 옆에 있던 노인은 이제 일어나 자전거를 타고 집으로 돌아가는 것 같다. 내 빠른 걸음으로도 따라갈 수 있을 정도의 느릿한 속도로 자전거는 저 멀리 달려가고 있었고 나는 노인이 앉았던 자리로 또 옮겨 앉았지. 노인의 시선으로 무엇을 할 수 있을까. 어떤 소소하고 야무지고 재밌는 일을 궁리할 수 있을까 그러니까 이 봄에, 모든 것이 시작하는 이 봄에 노인의 시선으로 무엇을 할 수 있을까 상상해보다가도, 봄날, 어떤 시선이든 다만 보랏빛과 다홍빛과 연둣빛과 청록

빛의 물듦으로 젖어든다고 그렇게 어느 봄날은 지속되고 있다는 느낌을 받았다. 돌이킬 수 없는 것에 대해서. 이미 벌어진 일에 대해서. 마침 오후 4시 16분으로 시간은 흐르고 있었으니까 그 시각에 시작하는 낭독회에 갈 수도 있었지. 사람들은 모여들고, 차례차례 호명되어 앞으로 나와 텍스트를 낭독한다. 그 낭독을 듣고 있으면 울음과 웃음이 나오는 순간도 있었어. 하지만 이 낭독회는 울음도 웃음도 어울리지 않는다고 의식했다. 그럼 무엇에 어울리나, 무엇에 어울리지 않나, 그래, 집으로 돌아가면서는 참지 않아도 좋았을 거라고 생각했지. 낭독회를 마치고 사람들은 각자 흩어지고 있었지. 그렇게 수행하고 기억하고 모였다가 흩어지면서 남겨둘 건 남겨둠으로써 집으로 향하고 있네. 봄밤이 오고 있었다. 봄밤은 지나가고 있었지. 지나갈 때 보이는 상호와 표지판의 글자들을 소리 내 중얼거려보고, 나는 처음 한글을 배우듯이 또렷또렷 발음해보고, 물이삭과 늘풀을 스쳐 가면서 눈을 크게 뜬다. 봄밤이 되어서는 떠올려볼 수 있는 것들이 많았다. 거닐면 봄밤이 나를 떠올려볼 수도 있을 것 같았지. 봄밤을 지나치는 숱한 사람들 중 한 명으로, 도드라지지 않고 이내 잊히는 하나의 풍경으로. 계속 나는 계절을 통과해나가고 있었다. 봄을, 봄이 지나 여름과 가을을, 겨울은 곧 찾아들 텐데, 그럼에도 다시 봄을, 다른 계절을 지나치는 과거와 미래의 봄을, 그렇게 봄날은 오가고 계절 풍경은 흐르고.